HÉSIODE ÉDITIONS

ARTHUR CONAN DOYLE

L'Ensorceleuse

Hésiode éditions

© Hésiode éditions.

1 rue Honoré - 93500 Pantin.
ISBN 978-2-38512-153-2
Dépôt légal : Janvier 2023

Impression Books on Demand GmbH

In de Tarpen 42
22848 Norderstedt, Allemagne

L'Ensorceleuse

L'ENSORCELEUSE

I

24 Mars.

Voici le printemps arrivé, cette fois. Le grand marronnier qui se trouve en face de la fenêtre de mon laboratoire est maintenant tout couvert de gros bourgeons vernis et gluants dont quelques uns, déjà éclatés, laissent apparaître de petites feuilles vert tendre drôlement recourbées comme des pattes de canard. Quand on se promène le long des allées on a conscience du travail silencieux qu'accomplissent tout autour de vous les forces puissantes de la nature. La terre humide respire l'abondance et la fertilité. De quelque côté que l'on se tourne, on voit pointer de petites pousses verdoyantes. Les jeunes branches sont roidies par l'afflux de la sève qui monte en elles, et l'air, alourdi par les dernières brumes persistantes, est rempli de senteurs légèrement résineuses. Boutons de fleurs, petits agneaux couchés au pied des haies – partout l'œuvre de reproduction s'accomplit !

J'en vois les effets devant mes yeux, et je les ressens au dedans de moi-même. Nous aussi, nous avons notre printemps en nous lorsque nos artérioles se dilatent, que notre lymphe coule en un flot plus rapide, que les glandes, se gonflant et sécrétant davantage, fonctionnent avec un regain d'activité. Chaque année la nature remet au point la machine humaine jusqu'en ses moindres rouages. En ce moment même, je sens que mon sang circule avec une vivacité inaccoutumée, et volontiers, sous la caresse du soleil qui entre à flot par ma fenêtre, je me mettrais à danser comme un moucheron. Oui, positivement je ferais cela, et si je m'en abstiens, c'est uniquement parce que je sais que mon voisin d'en dessous, Charles Sadler, se précipiterait aussitôt chez moi pour savoir ce qui se passe. En outre, je ne dois pas perdre de vue que je suis le professeur Gilroy. Un vieux professeur peut se permettre à l'occasion de céder à ses impulsions naturelles, mais quand on a la chance, à trente-quatre ans, d'être titulaire d'une des chaires les plus réputées de l'Université, il faut s'efforcer de jouer son rôle convenablement.

Quel homme, que Wilson ! Si seulement je pouvais me passionner pour la physiologie avec un enthousiasme égal à celui qu'il témoigne à l'égard de la psychologie, je serais certain de devenir à tout le moins un Claude Bernard. Toute sa vie, toute son intelligence et toute son énergie sont concentrées vers un même but. Il s'endort le soir en récapitulant les résultats qu'il a obtenus au cours de la journée qui vient de se terminer, et il se réveille le matin en combinant les recherches qu'il entreprendra au cours de celle qui commence Et, cependant, sorti du cercle restreint de ceux qui s'intéressent à ses travaux, combien peu de profit il retire du mal qu'il se donne ! La physiologie est une science reconnue. Si j'ajoute une pierre, si petite soit-elle, à son édifice, chacun s'en aperçoit et y applaudit. Mais Wilson, lui, cherche à établir les fondations d'une science qui ne pourra se développer que dans un avenir lointain. Son labeur s'accomplit sous terre et passe inaperçu, ce qui n'empêche pas qu'il le poursuit sans se plaindre, entretenant une correspondance suivie avec une centaine de demi-fous dans l'espoir de rencontrer un seul témoin digne de foi, épluchant vingt mensonges dans l'idée de tomber par hasard sur un tout petit lambeau de vérité, relisant de vieux livres, en dévorant de nouveaux, se livrant à des expériences, exposant ses théories en public, cherchant à éveiller chez les autres l'ardeur qui le possède. Lorsque je songe à lui, je suis aussitôt plongé dans l'étonnement et dans l'admiration, et malgré cela, quand il m'invite à m'associer à ses recherches, je suis forcé de lui répondre qu'au point où elles en sont actuellement, elles n'ont que bien peu d'attrait pour moi qui demande avant tout à la science des précisions très nettes. S'il était en mesure de me montrer des réalités objectives ou positives, je serais peut-être tenté d'envisager la question au point de vue physiologique ; mais tant que ses sujets d'étude conserveront, les uns une nuance de charlatanisme et les autres une nuance d'hystérie, nous autres physiologistes, nous devrons nous contenter de disséquer le corps, en laissant à nos descendants le soin d'approfondir l'esprit.

Je suis sans doute un matérialiste. Agatha prétend que j'ai des idées tout à fait terre-à-terre. Je lui réponds à cela que c'est une excellente raison d'abréger nos fiançailles, puisque j'ai tant besoin de sa spiritualité. Néanmoins, je puis me vanter d'être un curieux exemple de l'influence car ou je me trompe fort, ou je suis par nature un homme profondément psychique.

Enfant, j'étais nerveux, susceptible, rêveur et somnambule ; j'obéissais à des impressions et à des intuitions sans nombre. Mes cheveux noirs, mes yeux sombres, ma figure émaciée, mon teint olivâtre, mes doigts fuselés, tous ces indices sont la caractéristique de mon tempérament vrai, et font, dire aux gens experts en la matière comme Wilson que je suis de leur caste. Mais mon cerveau est farci de connaissances exactes. Je me suis exercé à me préoccuper uniquement des choses prouvées et des faits établis. L'imagination, les conjectures n'ont aucune place dans le domaine de mes pensées. Montrez-moi des choses que je sois à même de voir avec mon microscope, de couper avec mon bistouri, de peser avec mon trébuchet, et je consacrerai tout mon temps à les élucider. Mais demandez-moi d'étudier des sensations, des impressions ou des suggestions, et vous me mettrez en demeure d'accomplir une tâche qui me paraîtra non seulement désagréable, mais pénible. Tout ce qui s'éloigne de la raison pure me choque comme une mauvaise odeur ou comme une fausse note.

C'est précisément ce qui fait que j'éprouve une certaine répugnance à aller ce soir chez le professeur Wilson. Toutefois je sens que je ne pourrais guère esquiver cette invitation sans manquer aux lois les plus élémentaires de la politesse, et du reste, sachant maintenant que Mme Marden et Agatha iront à cette soirée, Je ne chercherais naturellement pas à me dérober, même si cela m'était possible. J'avoue pourtant que je préférerais me rencontrer avec elles en tout autre lieu que celui-là. Je sais fort bien que s'il ne tenait qu'à lui, Wilson m'aurait depuis longtemps entraîné avec lui dans l'étude de cette science vague et imparfaite pour laquelle il a tant d'admiration. Il est d'un enthousiasme si délirant qu'il n'a jamais l'air de faire attention à vous quand on lui adresse de douces remontrances ou qu'on cherche à lui faire comprendre à demi-mot qu'on ne partage pas ses opinions. Seule, une véritable dispute pourrait le décider à se rendre compte de l'aversion que toutes ces questions m'inspirent. Je suis convaincu qu'il aura encore déniché un nouvel hypnotiseur, clairvoyant, médium ou illusionniste quelconque, et que son intention est de nous l'exhiber, car même quand il cherche à faire plaisir, il reste toujours sous l'influence de sa marotte.

Enfin, dans tous les cas, ce sera un vrai régal pour Agatha, puisque selon le propre de toutes les femmes, elle s'intéresse à ces choses-là comme aux autres choses, quelles qu'elles soient, qui ont un caractère imprécis, mystique et confus.

10 heures du soir.

Ce simple fait de tenir un journal provient, je me le figure, de cette scientifique habitude d'esprit dont je m'entretenais ce matin en ces pages. J'aime à enregistrer mes impressions pendant qu'elles sont encore fraîches. Une fois par jour au moins, je m'efforce de déterminer d'une façon précise à quel point j'en suis, mentalement parlant. J'estime en effet que cet examen de conscience quotidien a son utilité, et qu'il exerce une salutaire influence sur le caractère, en lui donnant une fermeté plus grande. Pour être franc envers moi-même, je dois reconnaître que le mien a grand besoin de toute l'assurance que je suis susceptible de pouvoir lui donner. Je crois que malgré tout, mon tempérament a conservé beaucoup de sa nervosité première et que je suis malheureusement très éloigné encore de posséder la mathématique et froide précision qui caractérise Murdoch ou Pratt-Haldane. S'il n'en était pas ainsi, comment expliquer que la grossière supercherie dont j'ai été témoin ce soir m'ait surexcité au point que j'en suis encore tout retourné ? Ma seule consolation est que ni Wilson, ni Mlle Penclosa, ni même Agatha n'ont pu s'apercevoir ni seulement se douter de ma défaillance.

En somme, qu'ai-je donc vu pour m'être laissé aller à une agitation pareille ? Rien, ou du moins si peu de chose que cela paraîtra absolument ridicule lorsque je l'aurai rapporté par écrit.

Les Marden étaient arrivées chez Wilson avant moi. Je fus d'ailleurs l'un des derniers arrivants, et lorsque j'entrai, le salon était déjà rempli de monde. J'avais à peine eu le temps d'échanger quelques mots avec Mme Marden et avec Agatha qui était ravissante avec sa toilette rose et blanche et ses épis de blé étincelants parmi ses cheveux, que tout de suite Wilson se précipita vers moi et me tira par la manche.

– Vous réclamez toujours quelque chose de positif, Gilroy, – me dit-il en m'attirant à l'écart dans un coin. – Eh bien, mon cher garçon, je tiens un phénomène… un véritable phénomène.

Ces paroles m'auraient sans doute causé une impression plus vive s'il ne m'avait tenu pareil discours plusieurs fois auparavant. Son esprit imaginatif lui fait toujours prendre une luciole pour une étoile.

– Et cette fois-ci, vous savez, vous ne pourrez pas mettre en doute ma bonne foi, – reprit-il, ayant peut-être remarqué une pointe de malice dans mon regard. – Ma femme connaît depuis des années la personne en question, car elles sont en effet toutes les deux originaires de la Trinité. Mlle Penclosa n'est arrivée en Angleterre qu'il y a un ou deux mois et ne connaît personne en dehors de ceux qui appartiennent au monde de l'Université ; mais je vous assure que ce qu'elle nous a dit suffit à établir la clairvoyance sur une base absolument scientifique. Je n'en connais pas de comparables à elle, ni comme amateurs, ni comme professionnels. Venez, que je vous présente !

Je déteste tous ces colporteurs de mystère, mais plus particulièrement encore ceux du genre amateur. Quand on a affaire à un professionnel à gages, on peut lui tomber dessus et le démasquer dès qu'on s'est aperçu de sa supercherie. Il est là pour vous illusionner, et vous êtes là pour percer son secret. Mais que pouvez-vous faire du moment qu'il s'agit d'une amie de la femme de votre hôte ? Braquerez-vous soudain sur elle de la lumière pour la surprendre en train de frapper subrepticement sur un banjo ? Ou bien inonderez-vous de cochenille sa robe de soirée au moment où elle se faufile à la dérobée avec sa bouteille phosphorescente et sa platitude surnaturelle ? Non, n'est-ce pas, car vous savez bien que cela provoquerait une scène, et que l'on vous traiterait de malotru. De sorte qu'il ne vous reste plus qu'à choisir entre passer pour tel et avoir l'air d'une dupe. Aussi n'étais-je pas de très bonne humeur lorsque je suivis Wilson.

Elle ne ressemblait en aucune façon à l'idée que je m'étais jusqu'alors formée sur les Créoles. C'était une créature petite et frêle, bien au-dessus de la quarantaine, me parut-il, avec une figure pâle en lame de couteau et des cheveux d'un châtain très clair. Elle avait une personnalité insignifiante et des manières réservées. Dans n'importe quel groupe formé d'une dizaine de femmes prises au hasard, c'était bien la dernière que l'on eût remarquée. Ses yeux étaient peut-être ce qu'elle avait de plus remarquable, et aussi je suis forcé de le dire, de moins plaisant. Ils étaient de couleur grise – d'un gris légèrement verdâtre – et leur expression avait quelque chose de positivement furtif. Mais furtif est-il le mot juste, et ne devrais-je pas plutôt dire farouche ? À y bien réfléchir, c'est encore félin qui serait le terme le plus exact. Une béquille appuyée au mur m'avertit d'un détail qui devint pitoyablement visible quand Mlle Penclosa se leva, à savoir qu'elle était estropiée d'une jambe.

Wilson nous présenta donc l'un à l'autre, et je ne fus pas sans remarquer qu'en entendant prononcer mon nom, elle jeta un coup d'œil dans la direction d'Agatha. J'en conclus que Wilson l'avait déjà mise au courant, et je m'attendais d'avance à ce qu'elle m'annonçât peu de temps après, par des moyens occultes, que j'étais fiancé à une jeune fille portant des épis de blé dans les cheveux. Je me pris à me demander quels autres renseignements Wilson avait encore pu lui fournir sur mon compte.

– Le professeur Gilroy est un terrible sceptique, – déclara-t-il ; – j'espère, mademoiselle, que vous réussirez à le convertir.

Elle me considéra avec attention.

– Le professeur Gilroy a pleinement raison de se montrer sceptique s'il n'a rien vu jusqu'ici qui puisse le convaincre, – répondit Mlle Penclosa. – J'aurais cependant été tentée de croire, Professeur, – ajouta-t-elle en se tournant vers moi, – que vous auriez constitué vous-même un excellent sujet.

– À quel propos donc, je vous prie ?

– Mais dame, pour l'hypnotisme, par exemple.

– J'ai toujours remarqué que les hypnotiseurs choisissaient pour sujets des individus d'une mentalité peu saine. Tous les résultats qu'ils obtiennent sont, à mon point de vue, viciés par ce fait qu'ils ont affaire à des organismes anormaux.

– Laquelle de ces dames qui nous entourent serait-elle douée, selon vous, d'un organisme normal ? – me demanda-t-elle. – Je voudrais vous voir choisir vous-même celle qui vous semble douée de l'esprit le mieux équilibré. Ne serait-ce point, par exemple, cette jeune fille en blanc et rose… Mlle Agatha Marden ; c'est son nom si je ne me trompe ?

– Certes, les résultats qui pourraient être obtenus grâce à elle me paraîtraient d'un grand poids.

– Je n'ai jamais tenté de savoir jusqu'à quel point elle était impressionnable. Il y a des personnes, cela va de soi, qui répondent beaucoup plus rapidement que d'autres. Permettez-moi tout d'abord de vous demander jusqu'où s'étend votre scepticisme. Vous admettez bien, j'imagine, le sommeil hypnotique et le pouvoir de la suggestion ?

– Je n'admets rien du tout, mademoiselle.

– Grand Dieu ! Je croyais que la science avait avancé plus que cela. Moi, naturellement, je n'ai pas la prétention de connaître quelque chose du côté scientifique de la question. Je sais seulement ce que je suis en état d'accomplir, voilà tout. Ainsi, par exemple, vous voyez cette jeune fille en rouge qui est près de la potiche japonaise ? Eh bien, je vais l'obliger, par ma volonté à s'approcher de nous.

Ce disant, elle se pencha en avant et laissa tomber son éventail sur le parquet. La jeune fille pivota sur elle-même et s'avança droit vers nous avec une mine un peu étonnéeétonné, comme si elle s'était subitement entendue appeler.

– Eh bien, Gilroy, qu'est-ce que vous en pensez ? – s'écria Wilson, dans une sorte d'extase.

– Ce que j'en pensais, je n'eus garde de le lui dire. À mon sens, c'était l'imposture la plus flagrante et la plus éhontée qu'il n'eût jamais été donné de voir. Vraiment, la collusion et le signal avaient été par trop manifestes.

– Le professeur Gilroy n'est pas satisfait, – constata Mlle Penclosa en relevant vers moi ses petits yeux étranges. – Il s'imagine que c'est à mon malheureux éventail qu'il faut attribuer tout l'honneur de cette expérience. Allons nous essaierons d'autres choses. Mademoiselle Marden, verriez-vous quelque inconvénient à vous laisser endormir par moi ?

– Oh, nullement, mademoiselle, cela m'amuserait beaucoup, au contraire ! – s'écria Agatha.

Toute la foule des hommes en habits noirs et des femmes en toilettes décolletées s'était maintenant groupée en cercle autour de nous, les uns intimidés, les autres discutant comme s'il s'agissait de quelque chose tenant le milieu entre une cérémonie religieuse et une séance de prestidigitateur. On avait poussé dans le milieu un fauteuil en velours cramoisi, et ma fiancée s'y était assise, un peu rouge et un peu tremblante d'émotion, comme je le voyais aux vibrations qui agitaient ses épis de blé. Mlle Penclosa se leva et s'appuyant sur sa béquille, s'approcha d'Agatha de façon à la dominer de toute sa taille.

On aurait dit qu'elle s'était brusquement métamorphosée. Elle n'était plus ni petite, ni insignifiante à présent, et elle paraissait rajeunie de vingt ans. Ses yeux brillaient ; ses joues blêmes avaient pris un peu de couleur ; on aurait dit que tout son être s'était développé. Ainsi ai-je vu un élève morne et indolent s'animer et reprendre vie tout à coup lorsqu'on lui donnait une tache pour laquelle il se sentait des dispositions particulières. Elle dirigea sur Agatha un regard qui eut le don de m'exaspérer profondément, celui qu'auraient pu avoir les yeux d'une impératrice romaine toisant une esclave agenouillée à ses pieds. Puis, d'un geste bref et impérieux, elle éleva ses bras au-dessus de sa tête et les ramena lentement devant elle.

J'épiais Agatha avec la plus vive attention. Pendant les trois premières passes, elle parut simplement s'amuser de ces préparatifs. À la quatrième, je remarquai que, en même temps que ses pupilles se dilataient, ses yeux devenaient légèrement vitreux. À la sixième, un frisson passager lui traversa tous les membres. À la septième, ses paupières commencèrent à s'abaisser. À la dixième, elle avait les yeux complètement fermés, et sa respiration était devenue plus lente et plus laborieuse qu'à l'ordinaire. En l'observant ainsi, je m'efforçais de conserver tout mon calme d'homme de science, mais je ne pouvais me défendre contre l'agitation stupide et injustifiée qui s'emparait de moi. J'ai la conviction de n'en rien avoir laissé paraître, mais j'éprouvais une inquiétude analogue à celle qui assaille les enfants au milieu des ténèbres. Jamais je ne me serais supposé capable d'une aussi évidente faiblesse.

– Elle est en état d'hypnose, – déclara Mlle Penclosa.

– Elle dort tout bonnement, – protestai-je.

– Eh bien alors, réveillez-la !

Je tirai ma fiancée par le bras et lui criai son nom à l'oreille ; mais elle ne bougea pas plus que si elle avait été morte. Son corps était là sur le fauteuil de velours. Son cœur, ses poumons, tous ses organes enfin, fonctionnaient normalement ! Son âme s'était enfuie en des régions qui sont en dehors de notre compétence. Où était-elle allée ? Quelle puissance l'avait détachée de son enveloppe charnelle ? Déconcertantes questions qui me laissaient dans une perplexité absolue.

– Voilà pour le sommeil hypnotique, – reprit Mlle Penclosa. – Quant à la suggestion, soyez certain que Mlle Marden exécutera à la lettre tout ce que je lui ordonnerai de faire soit à présent, soit quand elle sera sortie de sa léthargie. Voulez-vous que je vous en fournisse la preuve ?

– Certainement, – répliquai-je.

– Eh bien, vous l'aurez.

Je vis un sourire fugitif passer sur son visage, comme si quelque idée amusante lui avait traversé l'esprit. Elle se baissa et se mit à parler à voix basse à son sujet. Agatha qui était demeurée sourde à tous mes appels, semblait par contre l'écouter attentivement et hochait la tête comme pour montrer qu'elle comprenait.

– Réveillez-vous ! – s'écria Mlle Penclosa en frappant avec sa béquille un coup sec sur le plancher.

Les yeux d'Agatha s'ouvrirent, l'aspect vitreux de ses prunelles disparut lentement, et après sa fugue étrange, son âme rayonna de nouveau.

Nous partîmes de bonne heure. Agatha ne paraissait nullement affectée par la bizarre expérience dont elle avait été l'objet, mais moi je me sentais nerveux et troublé, et je demeurais absolument incapable d'écouter les commentaires que Wilson formulait à mon intention, et à plus forte raison d'y répondre. Au moment où je prenais congé d'elle, Mlle Penclosa me glissa un morceau de papier dans la main.

— Pardonnez-moi, — me dit-elle, — d'avoir recours à certains moyens pour vaincre votre scepticisme. Ouvrez ce billet demain matin à dix heures. Il s'agit d'une petite épreuve qui restera entre nous. Je n'ai pas la moindre idée de ce qu'elle a voulu dire par là, mais le billet est là devant moi, et je ne le décachetterai que selon son désir. J'ai mal à la tête, et du reste, j'ai suffisamment écrit pour ce soir. Il est plus que probable que demain ce qui me semble aujourd'hui si difficile à expliquer prendra un aspect tout différent. En tout cas, je ne renoncerai pas à mes convictions sans les avoir sérieusement défendues.

25 Mars.

Je suis stupéfait – confondu. Il est évident qu'il me faudra réviser l'opinion que je m'étais formée sur cette question. Mais avant tout, relatons d'une façon précise ce qui s'est passé.

Je venais d'achever mon petit déjeuner, et j'étais occupé à examiner quelques diagrammes qui serviront à illustrer ma prochaine conférence, lorsque ma femme de charge entra m'annoncer qu'Agatha était dans mon cabinet et demandait à me voir immédiatement. Je regardai la pendule, et constatai qu'il était neuf heures et demie.

Lorsque j'entrai dans la pièce, j'y trouvai Agatha debout devant la cheminée, face à moi. Quelque chose dans son attitude me glaça tout de suite et arrêta le flot de paroles qui montaient à mes lèvres. Elle avait sa voilette à moitié baissée, mais je m'aperçus qu'elle était pâle, et que l'expression de sa physionomie était pleine de contrainte.

– Austin, – me dit-elle, – je suis venue vous prévenir que nos fiançailles sont rompues.

Je chancelai. Oui, je crois bien que je chancelai littéralement. Dans tous les cas, d'un geste instinctif, je m'appuyai à la bibliothèque.

– Mais… mais… – bredouillai-je, – en vérité, c'est bien imprévu, Agatha.

– Oui, Austin. Je suis venue ici pour vous prévenir que nos fiançailles sont rompues.

– Enfin, voyons, expliquez-vous ! – m'écriai-je. – Vous avez bien un motif quelconque pour agir ainsi. Vous avez l'air tout drôle, Agatha. Parlez, enfin, parlez : dites-moi ce que j'ai bien pu faire pour vous offenser à ce point.

– Tout est fini, Austin.

– Mais pourquoi ? Vous devez vous imaginer des choses qui ne sont pas, Agatha. On vous aura raconté, je ne sais quel mensonge sur mon compte. Ou bien auriez-vous pris en mauvaise part quelle que chose que je vous ai dite ? Expliquez-moi seulement à quel propos vous vous êtes fâchée ainsi : il est probable qu'un seul mot suffira à vous démontrer que vous avez eu tort.

– Nous devons considérer tout cela comme terminé.

– Mais enfin hier soir, quand vous m'avez quitté, vous m'avez parlé comme d'habitude, et rien ne laissait prévoir une chose pareille. Que peut-il donc être arrivé dans l'intervalle pour que vous ayez changé si brusquement ? Ce ne pourrait être qu'un incident quelconque d'hier soir. Vous y avez réfléchi, et vous aurez trouvé sans doute que j'avais mal agi. Est-ce à propos de cette histoire d'hypnotisme ? Me blâmez-vous d'avoir permis à cette femme d'exercer son influence sur vous ? Vous savez pourtant bien qu'au moindre signe de votre part, je me serais interposé.

– C'est inutile, Austin. Tout est fini.

Sa voix était froide et mesurée ; sa manière d'être, singulièrement grave et dure. Il me parut qu'elle avait dû prendre la résolution bien nette de ne se laisser entraîner dans des explications ou des discussions d'aucune sorte. Quant à moi, j'étais en proie à une agitation telle que je tremblais de tous mes membres, et je détournai la tête tant j'avais honte de lui laisser voir l'émotion à laquelle j'étais en proie.

– Vous devez cependant bien comprendre quelle importance cela a pour moi, – m'exclamai-je – C'est l'anéantissement de toutes mes espérances et la ruine de ma vie entière. Je ne puis pas croire que vous voudrez m'infliger un tel châtiment sans m'avoir au moins permis de me disculper si vous me jugez coupable. Je vous en prie, dites-moi de quoi il s'agit. Vous savez bien que, quant à moi et quels que soient les reproches que j'aie à vous faire, je ne pourrais en aucun cas me conduire pareillement envers vous. Pour l'amour du ciel, Agatha, dites-moi quelle faute j'ai commise ?

Elle passa près de moi sans prononcer une parole et ouvrit la porte.

– C'est absolument inutile, Austin. Il faut considérer nos fiançailles comme rompues.

L'instant d'après, elle avait disparu, et je n'étais pas encore suffisamment revenu de mon saisissement pour songer à la suivre, que déjà j'entendais la porte du vestibule se refermer sur elle.

Je courus dans ma chambre pour changer de paletot avec l'idée de me rendre séance tenante chez Mme Marden afin de tâcher d'apprendre d'elle à quoi je devais attribuer le malheur qui m'arrivait. Mon trouble était si grand que j'arrivais à peine à lacer mes bottines.

Je venais d'endosser mon pardessus quand, au même instant, dix heures sonnèrent.

Dix heures ! Je repensai aussitôt au billet de Mlle Penclosa. Il était encore sur ma table à la place où je l'avais déposé la veille au soir. D'un geste fébrile, je fis sauter le cachet qui le fermait. À l'intérieur, je trouvai ces quelques lignes tracées au crayon, d'une écriture anguleuse :

« Mon cher Professeur Gilroy,

« Veuillez me pardonner le caractère un peu trop personnel peut-être de l'épreuve que je vous donne. Au cours d'un entretien que nous avions eu ensemble, le professeur Wilson, en me parlant de vous, avait fait allusion aux rapports qui existaient entre vous et mon sujet de ce soir, et j'ai pensé que le meilleur moyen de vous convaincre serait de commander, au moyen de la suggestion, à Mlle Marden d'aller vous voir demain matin à neuf heures et demie, et de suspendre vos fiançailles pendant une demi-heure environ. Les savants sont tellement exigeants qu'il est difficile de leur fournir des preuves capables de les satisfaire ; mais vous conviendrez, j'espère, que la chose que je lui fais accomplir n'est pas de celles qu'elle exécuterait volontiers de son propre mouvement. Oubliez tout ce qu'elle aura pu vous dire en cette circonstance, puisqu'en réalité elle n'y est absolument pour rien, et ne s'en souviendra certainement même pas.

« J'écris ce mot dans le but d'abréger les inquiétudes bien naturelles auxquelles vous serez sans doute en proie, et en même temps pour vous demander pardon du chagrin momentané qu'aura pu vous causer ma suggestion.

« Votre très dévouée,
« Helen Penclosa. »

À dire vrai, lorsque j'eus terminé la lecture de ce billet, mon soulagement fut si profond que je ne songeai pas un seul instant à en vouloir à celle qui l'avait écrit. Certes, c'était une grande liberté qu'elle avait prise à mon égard, liberté d'autant plus grande que nous ne nous connaissions que depuis la veille ; mais, somme toute, c'était une espèce de défi que je lui avais lancé avec mon scepticisme, et il faut convenir, comme elle le dit elle-même, qu'il était assez difficile d'imaginer une épreuve assez convaincante pour me satisfaire.

Elle avait d'ailleurs pleinement réussi. Désormais, la question ne faisait plus l'ombre d'un doute. Pour moi, la suggestion hypnotique était une vérité définitivement acquise. À dater de ce jour, elle prenait rang parmi les autres grands faits prouvés et reconnus. Il me paraissait en effet incontestable qu'Agatha, l'esprit le mieux équilibré parmi toutes les femmes de ma connaissances, en avait été réduite, de par la volonté de Mlle Penclosa, à agir comme un automate. Cette étrange Créole l'avait, à distance, fait manœuvrer à peu près de la même façon qu'un ingénieur pourrait diriger du rivage une torpille Brennan. Une autre âme s'était en quelque sorte insinuée en elle, avait supplanté la sienne et s'était emparée de son système nerveux, en disant : « Je vais le gouverner pendant une demi-heure. »

Et Agatha avait dû être inconsciente de ses actes en allant et en revenant. Pouvait-elle circuler en sécurité à travers les rues dans cet état ?

Je me dépêchai de mettre mon chapeau et d'aller voir s'il ne lui était rien arrivé de mal.

Oui. Elle était chez elle. On me fit entrer au salon, et je l'y trouvai, un livre sur les genoux.

– Comme vous êtes matinal, Austin ! – s'écria-t-elle en souriant.

– Vous l'avez été plus que moi-même encore, – lui répondis-je.

Elle parut intriguée.

– Que voulez-vous dire ? – questionna-t-elle.

– Vous n'êtes pas sortie aujourd'hui ?

– Assurément non.

– Agatha, – lui demandai-je d'un ton grave, – voudriez-vous bien me dire, d'une façon précise, ce que vous avez fait ce matin ?

Elle partit à rire en voyant mon air solennel.

– Vous me parlez comme si vous me faisiez une conférence, mon cher Austin. Ce que c'est, tout de même, que d'être fiancée avec un savant. Quant à ce que vous désirez savoir, je ne vois pas très bien en quoi cela peut vous intéresser, mais je vais vous le dire tout de même pour vous faire plaisir. Je me suis levée à huit heures. J'ai déjeuné à huit heures et demie. À neuf heures dix, je suis entrée dans ce salon où nous sommes, et je me suis mise à lire les Mémoires de Madame de Rémusat. Mais au bout de quelques minutes, j'ai fait à cette grande dame française l'affront de m'endormir sur les pages de son livre, et je vous ai fait à vous, monsieur, le très flatteur honneur de rêver de votre personne. Il y a quelques minutes que je me suis réveillée.

– Et vous vous êtes retrouvée ici telle que vous étiez auparavant ?

– Belle question ! Où donc voulez-vous que je me sois retrouvée ?

– Voudriez-vous bien me raconter, Agatha, ce rêve que vous avez fait à propos de moi ? Ce n'est pas uniquement par curiosité que je vous demande cela, croyez-le.

– Ma foi, je serais fort en peine de vous le raconter, car je n'en ai gardé qu'un souvenir très confus, et j'ai seulement la vague impression que vous y jouiez un rôle quelconque.

– Alors, si vous n'êtes pas sortie aujourd'hui, Agatha, d'où vient que vos souliers sont couverts de poussière ?

Elle me considéra d'un air peiné.

– Vraiment, Austin, je ne sais ce que vous avez ce matin. On dirait presque que vous doutez de ma parole. Si mes souliers sont couverts de poussière, c'est que j'en aurai mis une paire que la femme de chambre n'avait pas nettoyée.

Il était parfaitement clair qu'elle n'avait pas la moindre idée de ce qui était arrivé, et je me fis la réflexion qu'il valait peut-être mieux, après tout, ne pas le lui apprendre. Je risquais de l'effrayer, et c'est tout. Je décidai donc de ne lui rien révéler, et je la quittai pour aller faire ma conférence. Néanmoins, l'impression que m'a laissée cette aventure est des plus profondes. Mon horizon de possibilités scientifiques s'est subitement élargi dans des proportions énormes. Je ne m'étonne plus désormais de l'énergie et de l'enthousiasme diaboliques avec lesquels Wilson défend ses idées et travaille à les approfondir. Qui ne travaillerait avec acharnement, ayant devant soi un vaste champ vierge à défricher ? Ma parole, ne m'est-il pas arrivé déjà de m'exalter à la seule contemplation, à travers une lentille de trente lignes, d'une nuclélithe de forme nouvelle, ou d'une fibre musculaire rayée d'un aspect légèrement particulier ? Combien de telles recherches semblent mesquines lorsqu'on les compare à celle-ci qui a pour objet la racine même de la vie et la nature de l'âme ? J'avais toujours considéré l'esprit comme un produit de la matière. Le cerveau, pensais-je, sécrète l'intelligence, de même que le foie sécrète la bile. Mais comment admettre une théorie pareille dès lors que je vois l'intelligence agir à distance et faire vibrer la matière, comme un musicien ferait vibrer les cordes d'un violon ? Le corps n'est donc pas ce qui donne naissance à l'âme, mais plutôt l'instrument grossier à l'aide duquel l'esprit se manifeste. Le moulin à vent ne donne pas naissance au vent, il ne fait que l'indiquer. Cette théorie est en opposition flagrante avec toutes celles que je m'étais formées jusqu'à présent, et pourtant elle est d'une possibilité indéniable et mérite d'être étudiée.

Au fait, pourquoi ne l'étudierais-je pas ? Je vois qu'à la date d'hier, j'ai écrit : « Si je pouvais voir des réalités objectives ou positives, je serais peut-être tenté d'envisager la question au point de vue physiologique. » Eh bien cette preuve que je voulais, je l'ai eue. Je ne manquerai pas à ma parole. De telles recherches offriraient, j'en suis persuadé, un intérêt considérable. Certains de mes confrères vous regarderaient de travers si l'on essayait d'aborder devant eux une semblable question, mais du moment que Wilson a le courage de son opinion, je peux bien l'avoir moi aussi. Pas plus tard que demain matin j'irai le voir – lui et Mlle Penclosa. Et puisqu'elle nous en a déjà tant montré, il est à présumer qu'elle pourra nous en montrer davantage encore.

II

26 Mars.

Comme je m'y attendais, Wilson a exulté en apprenant que je m'étais converti à ses idées. Mlle Penclosa elle aussi, sans toutefois se départir de sa réserve habituelle, s'est montrée contente du résultat de son expérience. Quelle singulière créature silencieuse et terne cela fait, en dehors des moments où elle se livre à sa pratique de prédilection ! Mais il lui suffit d'en parler pour qu'aussitôt elle s'anime et prenne feu. Elle me fait l'effet de s'intéresser étrangement à moi, et lorsque nous nous trouvons dans la même pièce, elle ne me quitte pas des yeux un seul instant.

Nous avons eu ensemble une conversation des plus intéressantes sur la puissance dont elle est douée. Il est bon que j'enregistre ici ses opinions, bien qu'elles n'aient assurément aucune portée au point de vue scientifique.

– Vous ne faites qu'aborder la question, – me dit-elle, voyant que je m'étonnais du remarquable exemple de suggestion qu'elle m'avait donné. – Je n'avais aucune influence directe sur Mlle Marden quand elle est allée vous trouver. Je ne pensais même pas à elle hier matin. Je me suis simplement bornée, la veille au soir, à préparer son esprit de la même façon qu'on remonte un réveil-matin pour déclencher la sonnerie au moment voulu. Si je lui avais commandé de faire ce que je lui disais six mois après au lieu de douze heures seulement, c'eût été la même chose.

– Et si vous lui aviez commandé de m'assassiner ?

– Elle l'aurait incontestablement fait.

– Mais c'est une puissance terrible que celle que vous possédez-la ! – m'écriai-je.

– Comme vous le dites, c'est une puissance terrible, – répliqua-t-elle d'un ton grave, – et plus vous apprendrez à la connaître, plus elle vous paraîtra terrible.

– Permettez-moi de vous poser une question, – repris-je. En me disant que je ne faisais encore qu'aborder la question, qu'entendiez-vous par là ? Quelle en est donc la partie essentielle ?

– Je préfère ne pas vous le dire.

La fermeté de sa réplique me surprit.

– Vous devez bien comprendre, – insistai-je, – que ce n'est pas uniquement par curiosité que je vous demande cela, mais dans l'espoir que je pourrai trouver quelque explication scientifique aux faits que vous m'exposez.

– À vous parler franchement, Professeur, – me répondit-elle, – je ne m'intéresse à la science en aucune façon, et il m'importe peu qu'elle puisse ou non donner à ces faits une classification.

– Cependant, j'avais espéré…

– Ah, cela c'est tout différent. Du moment que vous en faites une question personnelle, – déclara-t-elle avec son plus aimable sourire, – je ne demande pas mieux que de vous fournir tous les renseignements que vous désirez. Attendez un peu. Que me demandiez-vous donc ? Ah oui, le côté essentiel de la question ? Eh bien, le professeur Wilson se refuse à croire qu'il y ait d'autres pouvoirs plus grands encore ; et pourtant, je maintiens, moi, qu'ils existent. Ainsi, par exemple, il est possible à un opérateur d'exercer une domination absolu sur son sujet (pourvu que ce sujet soit bon), et de lui faire accomplir tout ce qu'il veut, sans avoir besoin pour cela de recourir à une suggestion préalable.

– Et sans que le sujet s'en doute ?

– Cela dépend. Si l'influence était fortement exercée, le sujet n'en aurait pas plus conscience que Mlle Marden lorsqu'elle est allée vous trouver et vous a donné une telle douleur. Ou bien si, au contraire, l'influence était moins grande, il pourrait se rendre compte de ce qu'il ferait, mais sans être en état d'opposer la moindre résistance.

– Aurait-il donc perdu toute sa volonté ?

– Non, mais elle serait sous la domination de l'autre, plus puissante que la sienne.

– Vous est-il arrivé pour votre part d'user de ce pouvoir ?

– Plusieurs fois.

– Votre volonté, à vous, est donc bien forte ?

– À vrai dire, cela ne dépend pas absolument de la volonté. Beaucoup de personnes sont douées de fortes volontés, mais n'ont pas le don de les détacher d'elles-mêmes. Ce qui importe avant tout, c'est d'avoir la faculté de transporter sa propre volonté chez les autres et d'amener la leur à lui céder. J'ai remarqué que mon influence varie selon mes forces et suivant l'état de ma santé.

– En somme, votre action consiste à envoyer votre âme dans le corps d'un autre ?

– Mon Dieu… si vous voulez.

– Et votre corps à vous, que fait-il pendant ce temps-là ?

– Il est simplement en léthargie.

– Mais ces sortes d'expérience, ne risquent-elles pas de mettre votre santé en péril ?

– Un peu, peut-être. Il faut prendre garde de ne jamais se laisser tomber dans une inconscience complète, sans quoi l'on risquerait fort d'avoir du mal à réintégrer son propre « moi ». On doit toujours se maintenir en contact avec soi-même. Vous devez trouver que je m'exprime bien mal, Professeur, mais il va de soi que je ne suis pas de taille à vous expliquer ces choses d'une façon scientifique. Je me borne à vous dire ce que j'ai constaté et à vous en donner mon interprétation personnelle.

Eh bien, je relis maintenant tout à loisir ces déclarations, et je me surprends moi-même ! Est-ce bien là cet Austin Gilroy qui s'est acquis une réputation grâce à la précision de ses capacités de raisonnement et à son attachement méticuleux à l'étude des faits ? Me voici en train de commenter gravement le babillage d'une femme qui me raconte comme quoi elle peut expédier son âme hors de son corps, et tandis qu'elle est plongée dans la léthargie, gouverner à distance, suivant son gré, les actions des gens. Est-ce à dire que je souscris à de pareilles calembredaines ? Allons donc ! Il faudra d'abord qu'elle me fournisse preuves, sur preuves, avant que je cède d'une ligne. Toutefois, et bien que je m'entête dans mon scepticisme vis-à-vis de ces choses-là, je ne les tourne au moins plus en ridicule.

Il est convenu que nous tiendrons ce soir une séance, et qu'elle verra si elle est capable d'exercer sur moi une influence magnétique quelconque. Si elle y parvient, ce sera là un excellent point de départ pour nos recherches futures. Personne, en tout cas, ne pourra m'accuser de complicité. Si elle ne réussit pas, il faudra que nous tâchions de trouver un sujet qui tiendra le rôle de la femme de César. Wilson, lui, est absolument réfractaire à toute tentative de ce genre.

10 heures du soir.

Je crois que je suis au seuil d'une investigation qui fera époque dans les annales de la science. Avoir le pouvoir d'étudier du dedans ces phénomènes – posséder un organisme qui répondra, et en même temps un cerveau qui appréciera et critiquera – c'est assurément un avantage unique.

Il n'y avait pas d'autres témoins que Wilson et sa femme. J'étais assis, avec la tête renversée en arrière, et Mlle Penclosa, debout devant moi et un peu éloignée vers la gauche, s'est servie des mêmes mouvements larges des bras qu'elle avait employés pour endormir Agatha. À chacun de ces mouvements j'avais la sensation qu'un courant d'air chaud me frappait la figure, et je me sentais frémir et vibrer de la tête aux pieds. Mes yeux étaient fixés sur Mlle Penclosa, mais pendant que je la regardais ainsi, il me sembla que ses traits se brouillaient d'abord, puis s'effaçaient petit à petit. J'avais seulement conscience de ses deux yeux fixés sur les miens, deux yeux gris, profonds, insondables. Ils devinrent plus grands, toujours plus grand, si grands même qu'à la fin, devenus démesurés, ils finirent tout à coup par se métamorphoser en deux lacs montagneux vers lesquels j'eus l'impression que je tombais avec une rapidité terrifiante. Je frissonnai, mais au même moment, une sorte d'arrière-pensée profonde me fit comprendre que ce frisson était le même que celui que j'avais observé chez Agatha. Un instant après, je frappai la surface des lacs maintenant réunis en un seul, la tête en feu et les oreilles bourdonnantes. Je coulai à pic : plus bas, plus bas, encore plus bas, et puis décrivant un grand cercle, je remontai brusquement, et je vis la lumière qui brillait à travers l'eau verdâtre. J'étais presque revenu à la surface lorsque les mots : « Réveillez-vous… » retentirent à mes oreilles, et tressaillant, je me retrouvai dans le fauteuil, en face de Mlle Penclosa appuyée sur sa béquille, et de Wilson qui, son calepin à la main, m'épiait par dessus l'épaule de la Créole.

Cette expérience ne m'a laissé ni lourdeur dans la tête, ni sensation de lassitude d'aucune sorte. Au contraire, et bien qu'il n'y ait encore guère qu'une heure qu'elle a eu lieu, je me sens si éveillé et si dispos que j'ai plus envie de travailler que d'aller me coucher.

Je vois déjà se déployer devant nous toute une perspective d'expériences intéressantes, et je me ronge d'impatience tant j'ai hâte de les commencer.

27 Mars.

Journée vide, puisque Mlle Penclosa doit aller avec Wilson et sa femme chez les Sutton. J'ai commencé le Magnétisme animal de Binet et Feré. Quelle étrange et profonde énigme que celle-là… Des résultats, des résultats, des résultats – mais quant à la cause qui les a provoqués… mystère… C'est un aliment savoureux pour l'imagination, mais contre lequel je dois me tenir en garde. Laissons de côté toutes les hypothèses et les déductions, et ne retenons que les faits dûment corroborés. Je sais que le sommeil hypnotique existe réellement, je sais que la suggestion magnétique existe réellement, je sais que je suis moi-même capable de subir l'influence de cette force. Voilà ma situation telle qu'elle est actuellement. Je me suis muni d'un grand carnet de notes, tout neuf qui sera en entier consacré au relevé des détails scientifiques.

Longue conversation dans la soirée avec Agatha et Mme Marden à propos de notre mariage. Nous, sommes d'avis que le mieux serait de fixer la date de la cérémonie aux premiers jours de vacances d'été. À quoi bon tarder davantage ? Il me semble que c'est même trop de ces quelques mois qu'il nous faudra attendre encore. Néanmoins, comme le fait remarquer avec juste raison Mme Marden, il reste bien des choses à préparer.

28 Mars.

Hypnotisé une seconde fois par Mlle Penclosa. Expérience très semblable à la précédente, sauf que l'insensibilité s'est produite plus vite. Voir carnet A pour température de la chambre, pression barométrique, pouls et respiration relevés par le professeur Wilson.

29 Mars.

Hypnotisé de nouveau. Détails dans carnet A.

30 Mars.

Dimanche, donc journée vide. Je m'irrite chaque fois qu'une chose ou une autre vient interrompre le cours de nos expériences. Jusqu'à présent, elles se bornent à embrasser les particularités physiques qui caractérisent l'insensibilité suivant qu'elle est légère, complète, ou extrême. Après, nous espérons passer de là aux phénomènes de la suggestion et de la lucidité. Certains professeurs ont déjà démontré ces choses-là en opérant sur des femmes à Nancy et à la Salpêtrière. Ce sera plus convaincant de voir une femme le démontrer sur un professeur, avec un second professeur comme témoin. Et dire que ce sera moi le sujet, moi le sceptique, le matérialiste… J'aurai du moins prouvé par là que je place mon amour pour la science au-dessus de mes préjugés personnels. Se rétracter est le plus grand sacrifice que nous impose la vérité.

Mon voisin d'en dessous, Charles Sadler, le jeune et élégant démonstrateur d'anatomie, est monté chez moi ce soir pour me rendre un volume des Archives de Virchow, que je lui avais prêté. Je l'appelle jeune, mais en réalité il a un an de plus que moi.

– Il parait, Gilroy, – me dit-il, – que Mlle Penclosa se livre à des expériences sur vous ? Eh bien, – poursuivit-il, lorsque je lui eus déclaré que c'était exact, – à votre place, moi, j'en resterais là. Vous allez me trouver bien impertinent sans doute, mais il n'en est pas moins vrai que je considère comme un devoir de vous conseiller de cesser vos relations avec elle.

Naturellement, je lui demandai pourquoi.

– Ma situation est telle que je ne puis pas m'expliquer avec autant de liberté que je le voudrais, – me dit-il, – Mlle Penclosa est votre amie, et vous êtes le mien, de sorte que – je me trouve dans une position très délicate. Je me bornerai donc à vous avertir d'une chose, c'est que je me suis moi-même soumis avant vous aux expériences de cette personne, et que j'en ai gardé une impression fort désagréable.

Comme il devait bien s'y attendre, je ne me contentai pas d'une aussi mince explication, mais c'est en vain que j'essayai, de lui arracher des détails plus précis. Se peut-il qu'il soit jaloux que je l'aie remplacé ? Ou bien serait-il de ces savants qui se froissent comme si on leur avait fait une injure personnelle, dès qu'on leur oppose des faits contraires à leur opinion préconçue ? Il ne peut pas prétendre sérieusement me faire renoncer à une série d'expériences dont j'attends de si précieux résultats sous le seul prétexte qu'il a je ne sais quel vague grief contre Mlle Penclosa. Il m'a eu l'air vexé de la désinvolture avec laquelle je traitais ses sombres avertissements, et nous nous sommes quittés avec un peu de froideur.

31 Mars.

Hypnotisé par Mlle P.

1er Avril.

Hypnotisé par Mlle P. (Notes dans le carnet A.).

2 Avril.

Hypnotisé par Mlle P. (Tracé sphygmographique pris par le professeur Wilson.)

3 Avril.

Il se peut que ces séances répétées de magnétisme fatiguent un peu l'organisme. Agatha m'assure que j'ai maigri, et que mes yeux sont plus cernés que d'habitude. Je me sens en proie à une irritabilité nerveuse que je n'avais jamais remarquée chez moi auparavant. Le moindre bruit, par exemple, me fait tressaillir, et quand un étudiant me répond quelque ânerie, cela me fâche au lieu de m'amuser. Agatha insiste pour que je m'arrête, mais je lui réponds que toutes les études suivies, quelles qu'elles soient sont fatigantes, et que l'on ne peut arriver à aucun résultat sans en payer le prix. Quand elle verra la sensation que ne manquera pas de produire le mémoire que je veux préparer sur « Les rapports entre l'Esprit et la Matière », elle comprendra que cela compense largement la peine que je me donne. Il se peut fort bien que cela me fasse gagner mon F.R.S.

Hypnotisé de nouveau ce soir. L'effet se produit plus rapidement à présent, et les visions subjectives sont marquées. Je tiens des notes détaillées sur chaque séance. Wilson s'en va passer huit ou dix jours à Londres, mais nous n'interromprons pas pour cela nos expériences dont la valeur dépend autant de mes sensations à moi que de ses observations à lui.

4 Avril.

Il faut que je me tienne sérieusement sur mes gardes. Il est survenu dans nos expériences une complication sur laquelle je n'avais pas compté. Dans mon ardeur à me procurer la documentation scientifique qui m'est nécessaire, j'ai eu la sottise de rester aveugle aux rapports psychologiques qui se sont établis entre Mlle Penclosa et moi. Je peux écrire ici ce que je ne confierais à personne. La malheureuse me fait l'effet de s'être pris d'un grand attachement pour moi.

Cet aveu, je ne me le ferais pas même à moi et entre les pages de mon journal intime si la chose n'était arrivée à un point tel qu'il est impossible de l'ignorer. Depuis quelque temps – c'est-à-dire depuis la semaine dernière – j'avais déjà remarqué certains indices auxquels je n'avais pas cru devoir attacher d'importance.

C'était son enthousiasme lorsque j'arrive, son abattement lorsque je m'en vais, son désir de me voir plus fréquemment ; l'expression de ses yeux et le ton sa voix. J'ai cherché d'abord à me persuader que tout cela ne signifiait rien, et qu'il fallait simplement imputer ces particularités à l'exubérance de son caractère créole. Mais hier soir, en me réveillant de mon sommeil hypnotique, je lui ai tendu la main d'un geste inconscient et involontaire, et j'ai serré la sienne. Quand j'ai repris tout à fait connaissance, nous étions assis en face l'un de l'autre, les doigts enlacés, et elle me regardait avec un sourire plein d'expectative. Et ce qu'il y a d'horrible, c'est que j'étais tenté de lui adresser les paroles qu'elle attendait de moi. Quel misérable hypocrite j'aurais été ! Comme je me serais méprisé aujourd'hui si je n'avais pas su résister à l'impulsion de cet instant-là ! Mais Dieu merci, j'ai eu suffisamment d'énergie pour me lever d'un bond et m'enfuir aussitôt. J'ai été malhonnête, je le crains, mais je ne pouvais pas… Non, je ne pouvais pas me fier à moi-même une seconde de plus. Moi, un galant homme, un homme d'honneur, fiancé à une jeune fille des plus charmantes… dire que dans un moment de passion irraisonnée, j'ai failli professer de l'amour pour cette femme que je connais à peine, qui est beaucoup plus âgée que moi et par dessus le marché infirme ! C'est monstrueux… c'est odieux… et pourtant, l'impulsion était si forte que si j'étais seulement resté une minute de plus en sa présence, je me serais compromis. À quoi faut-il attribuer cela ? Je suis chargé d'enseigner aux autres les fonctions de notre organisme, mais au fond qu'est-ce que j'en connais moi-même ? Est-ce le déclenchement de quelque ressort secret de ma nature qui s'est subitement produit ? Est-ce le réveil brusque d'un instinct brutal et primitif ? Je serais presque enclin à croire aux histoires d'obsession, de hantise, de mauvais esprits, tant le sentiment que j'ai éprouvé était irrésistible.

Cet incident me met décidément en très fâcheuse posture. D'un côté, il m'en coûterait beaucoup de renoncer à des expériences que j'ai déjà poussées si loin et qui promettent les plus brillants résultats. D'un autre côté, si cette malheureuse femme s'est prise de passion pour moi… mais sûrement, même à présent, je dois commettre quelque grossière erreur. Elle ? À son âge et avec son infirmité ? Allons donc ! ce n'est pas possible. Et d'ailleurs, elle savait quel lien m'unissait déjà à Agatha. Elle ne pouvait s'illusionner en aucune manière sur ma situation. Si elle m'a souri, c'est peut-être que cela l'a amusée de voir que, tout étourdi encore de la léthargie dont je sortais, je lui prenais la main sans m'en apercevoir. C'est précisément parce que l'influence magnétique persistait en moi que je l'ai interprétée de cette façon, et que je lui ai cédé avec une rapidité si bestiale. Je voudrais pouvoir acquérir la certitude qu'il en a été réellement ainsi. Somme toute, le parti le plus sage est probablement de remettre la suite de nos expériences au moment où Wilson reviendra. J'ai donc écrit un mot à Mlle Penclosa sans faire aucune allusion à ce qui s'est passé hier soir, mais en lui disant qu'un travail pressé m'obligeait à interrompre nos séances pendant quelques jours. Elle m'a répondu d'une manière un peu cérémonieuse pour m'informer que, dans le cas où je viendrais à changer d'avis, je la trouverais chez elle à l'heure habituelle.

10 heures du soir.

En vérité, en vérité, quel homme de paille je fais !... Depuis quelque temps j'apprends à me mieux connaître, et à mesure que je me connais davantage, je perds de plus en plus de mon estime pour moi-même. Non, non, c'est inadmissible : je n'ai pas toujours été aussi faible que cela. À quatre heures j'aurais souri avec dédain si quelqu'un était venu me dire que j'irais ce soir chez Mlle Penclosa ; et malgré cela, à huit heures, j'étais à la porte de Wilson, comme de coutume. Je ne sais comment cela s'est fait. La force de l'habitude, comme il y a la passion de l'opium, et je suis victime de cette passion-là. Toujours est-il que, pendant que j'étais en train d'écrire dans mon cabinet, je suis devenu de plus en plus agité. Je m'impatientais, je m'énervais. Je n'arrivais pas à concentrer mon attention sur ce que je faisais, et puis finalement, presque sans avoir eu le temps de m'en rendre compte, j'ai saisi mon chapeau, et j'ai couru à mon rendez-vous habituel.

Notre soirée fut des plus intéressantes. Mme Wilson est restée constamment avec nous, ce qui eut l'heureux effet d'obvier à la gêne que l'un de nous deux au moins n'aurait pas manqué autrement de ressentir. Mlle Penclosa se montra en tout point telle que d'ordinaire et ne témoigna aucune surprise de me voir en dépit de ce que je lui avais écrit. Rien dans son attitude ne m'a permis de supposer que l'incident d'hier lui avait laissé une impression quelconque ; aussi j'incline à croire que je me l'étais très exagéré.

6 Avril (dans la soirée).

Non, non, je ne me l'étais pas exagéré. Il est inutile que je cherche à me dissimuler davantage que cette femme s'est prise de passion pour moi ! C'est monstrueux, mais c'est ainsi. Ce soir encore, en sortant de mon sommeil hypnotique, j'ai constaté que j'avais ma main dans la sienne, et j'ai éprouvé, pour la seconde fois, cet odieux sentiment qui m'incite à répudier mon honneur, ma carrière – tout, en un mot, – pour aller vers cette créature qui, je m'en rends très bien compte lorsque je ne suis pas soumis à son influence, ne possède absolument aucun charme. Mais quand je suis près d'elle, je ne raisonne plus de la même façon, et elle a le don d'éveiller en moi quelque chose – quelque chose de malsain – quelque chose à quoi je préférerais ne pas penser. De plus, elle réussit à paralyser ce qu'il y a de meilleur en moi, dans le même temps qu'elle y stimule ce qu'il y a de plus mauvais. Décidément, sa compagnie exerce sur moi une influence néfaste.

Hier soir, ce fut encore pis que précédemment. Au lieu de me sauver comme je l'avais fait l'autre fois, je suis bel et bien resté pendant un certain temps encore avec elle tandis qu'elle me tenait la main, et nous nous sommes entretenus des questions les plus intimes. Nous avons parlé, entre autre, d'Agatha. Où diantre avais-je donc la tête ? Mlle Penclosa m'a dit qu'elle était vieux-jeu, et je lui ai répondu que je partageais son avis. Elle m'a parlé d'elle à une ou d'eux reprises sur un ton méprisant, et je n'ai pas protesté. De quelle abjection ai-je fait preuve mon Dieu !

Si faible que j'aie pu me montrer, il me reste cependant assez d'énergie encore pour mettre un terme à ces choses-là. Je ne veux pas que pareille scène se renouvelle à l'avenir, et elle ne se renouvellera pas, j'ai assez de bon sens pour fuir lorsque je ne peux combattre. À partir d'aujourd'hui dimanche, je ne retournerai jamais plus voir Mlle Penclosa. Non, jamais ! Tant pis pour les expériences, tant pis pour mes recherches qui n'aboutiront pas ! J'aimerais mieux n'importe quoi plutôt que d'affronter à nouveau la monstrueuse tentation qui me rabaisse à ce point. Je n'ai rien dit à Mlle Penclosa ; je me contente simplement de m'abstenir de retourner près d'elle. Elle en devinera la raison.

7 Avril.

J'ai tenu ma promesse. C'est dommage d'abandonner donner des études aussi intéressantes, mais ce serait encore plus grand dommage de ruiner mon existence, et je sais que je ne peux pas me fier à moi-même avec cette femme.

11 heures du soir.

Mon Dieu ! mon Dieu ! mais qu'ai-je donc ? Est-ce que je deviens fou ?… Voyons, tâchons d'être calme et de raisonner un peu. Je vais commencer par rapporter exactement ce qui s'est passé.

Il était près de huit heures lorsque j'écrivis les lignes avec lesquelles commence cette journée. Me sentant étrangement inquiet et agité, je sortis de chez moi pour aller passer la soirée avec Agatha et sa mère. Elles remarquèrent toutes deux que j'avais la figure pâle et défaite. Vers neuf heures, le professeur Pratt-Haldane vint nous retrouver, et nous fîmes un whist avec lui. Je m'efforçais tant que je pouvais de concentrer mon attention sur les cartes, mais cette sensation d'inquiétude croissait peu à peu, et elle finit par devenir si grande que je devins impuissant à lutter contre elle. C'était plus fort que moi, je ne pouvais rester assis à la table de jeu. À la fin, au beau milieu d'une partie, je jetai mes cartes, marmottai quelques vagues excuses en prétextant un rendez-vous et m'élançai hors du salon.

Comme si cela s'était passé dans un rêve, je me souviens confusément d'être dégringolé quatre à quatre dans le vestibule, d'avoir arraché mon chapeau de la patère où il était accroché et d'être sorti en claquant la porte derrière moi. Comme si j'avais vu cela en rêve également, je garde l'impression d'une double rangée de réverbères s'étendant dans la nuit, et mes bottines éclaboussées de boue me font voir que je dus courir en suivant le milieu de la chaussée. Tout cela fut imprécis, étrange et pas naturel. J'arrivai à la maison de Wilson, je vis Mme Wilson et je vis Mlle Penclosa, je n'ai qu'un souvenir très obscur de notre conversation, mais ce que je me rappelle bien, c'est que Mlle Penclosa fit mine de me menacer avec sa béquille et m'accusa d'être en retard et de n'avoir plus l'air de m'intéresser autant à nos expériences. Nous n'avons pas fait d'hypnotisme, mais je suis resté un certain temps, et je viens seulement de rentrer.

Mon cerveau est redevenu tout à fait lucide à présent, et je suis en état de pouvoir réfléchir convenablement à ce qui s'est passé. Il serait absurde de supposer que c'est uniquement ma faiblesse et la force de l'habitude qui m'ont fait agir ainsi. J'ai essayé de me l'expliquer de cette manière-là l'autre soir, mais je m'aperçois à présent que ce n'est pas suffisant. Il s'agit de quelque chose de bien plus profond et de bien plus terrible. Car enfin, lorsque j'étais en train de jouer au whist chez les Marden, j'ai été littéralement traîné au dehors, tout comme si l'on m'avait tiré par le cou avec une corde. Je ne peux plus me le dissimuler désormais : cette femme s'est emparée de moi. Elle me tient dans ses griffes. Mais il faut que je garde tout mon sang-froid, et que j'essaie de raisonner la chose afin de voir quel sera le meilleur parti à prendre.

C'est égal ! Faut-il que j'aie été assez aveugle et assez stupide pour me laisser entortiller pareillement ! Dans mon enthousiasme à poursuivre mes recherches, je n'ai pas vu le gouffre béant qui s'ouvrait sous mes pieds, et j'y suis tombé.

Ne m'a-t-elle pas elle-même averti ? Ne m'a-t-elle pas dit, ainsi que je peux le lire dans mon propre journal que, quand elle a réussi à exercer son pouvoir sur un sujet, elle peut ensuite l'obliger à obéir à sa volonté ? Or, ce pouvoir, elle est parvenue à l'exercer sur moi. Je suis actuellement sous la domination absolue de cette infirme. Je dois aller la voir quand elle me l'ordonne. Je dois faire ce qu'elle veut que je fasse. Je dois – et c'est encore là le pire de tout – je dois éprouver les sentiments qu'il lui plaît de me faire éprouver. Je la déteste, je la crains, et malgré cela, tant que je resterai sous le charme, elle pourra certainement me contraindre à l'aimer.

Il est donc un peu consolant tout de même de penser que ces odieuses impulsions dont je me suis blâmé ne viennent en réalité pas de moi du tout. Elles émanent d'elle et rien que d'elle, encore que j'aie été sur le moment si loin de m'en douter. Cette idée me réconcilie un peu avec moi-même, et me rend le cœur plus léger.

8 Avril.

Oui, maintenant, en plein jour, et tandis que j'écris posément en me donnant tout le temps de réfléchir, je suis forcée de confirmer tout ce que j'ai écrit sur mon journal hier soir. La situation dans laquelle je me trouve est épouvantable, mais il importe, avant tout, que je ne perde pas la tête. Il faut que j'oppose à la puissance de cette femme les ressources de mon intelligence. Après tout, je ne suis pas un pantin qu'on fait danser au bout d'une ficelle. J'ai de l'énergie, de l'esprit, du courage. En dépit de ses sortilèges diaboliques, je parviendrai peut-être à venir à bout d'elle quand même. Peut-être ? Ce n'est pas «peut-être» que je dois dire, c'est «il faut» ; sans quoi que deviendrais-je ?

Essayons un peu de raisonner la chose. Cette femme, d'après ses propres explications, a la capacité d'exercer sa domination sur mon système nerveux. Elle peut implanter son esprit à la place du mien dans mon corps et gouverner ce corps à sa guise. Elle a une âme parasite – oui, c'est un parasite, un parasite monstrueux. Elle s'introduit dans mon âme comme le Bernard l'Hermite dans la coquille du buccin. Je suis à sa merci ! Mais qu'y puis-je ? Je suis en butte à des forces dont je ne connais absolument rien. Et il ne m'est pas possible de m'ouvrir à qui que ce soit de l'embarras où je me trouve, et si jamais l'histoire venait à s'ébruiter, l'Université ne manquerait certainement pas de dire qu'elle n'a que faire d'un professeur tourmenté par le diable. Et Agatha ? Non, non, il faut que je tienne tête au danger tout seul.

III

Je viens de relire les pages où j'ai noté ce que m'avait dit cette femme lorsqu'elle m'avait parlé de son pouvoir. Elle prétend que, quand l'influence est seulement légère, le sujet a conscience de ce qu'il fait, mais ne peut pas s'empêcher de l'accomplir, tandis que, quand elle est, au contraire, très marquée, il cesse complètement de se rendre compte de ses actes. Or, jusqu'à présent, j'ai toujours su ce que je faisais, bien qu'un peu moins nettement hier soir que la fois précédente. Par conséquent, cela semblerait indiquer qu'elle n'a pas encore usé de toute sa puissance sur moi. Vit-on jamais un homme placé dans une situation pareille ?... Au fait, si, peut-être y en a-t-il eu un, et même un qui me touche de près : Charles Sadler a dû passer par où je passe en ce moment ! Ses vagues paroles d'avertissement prennent une signification à présent. Oh si seulement je l'avais écouté alors, avant que je n'aie aidé, au moyen des séances réitérées, à forger les maillons de la chaîne avec laquelle je suis maintenant attaché. Mais j'irai le voir aujourd'hui. Je lui demanderai pardon d'avoir tenu si peu de cas de ses judicieux avertissements. Je verrai s'il peut me donner un conseil.

4 heures de l'après-midi.

Non, il ne peut pas me donner de conseil. J'ai causé avec lui, et il a témoigné une si vive surprise aux premiers mots que je lui ai dits pour tâcher de lui expliquer mon abominable secret que je me suis abstenu d'aller plus loin. Autant que j'ai pu comprendre – par ce qu'il m'a laissé entendre et par ce que j'ai deviné, bien plus que par ce qu'il m'a réellement dit – ce qui lui est advenu à lui-même se borne à quelques mots et à quelques regards comme ceux que j'ai eu à endurer pour mon compte. Le fait qu'il a abandonné Mlle Penclosa suffit à lui seul à me montrer qu'il n'a jamais été réellement pris dans ses filets. Ah, s'il était capable de se douter de ce qu'il a esquivé ! c'est à son tempérament flegmatique de Saxon qu'il le doit. Moi, je suis brun et celte, et les griffes de cette sorcière sont profondément implantées dans mes nerfs. Parviendrai-je jamais à dénouer leur étreinte ? Redeviendrai-je jamais le même homme que j'étais il y a juste quinze jours ?

Cherchons ce que je dois faire. Quitter l'Université au milieu du trimestre, il n'y faut pas songer. Si j'étais libre d'agir à mon gré, ma ligne de conduite serait toute tracée. Je n'aurais qu'à boucler mes malles séance tenante et m'en aller faire un voyage en Perse. Mais, au reste, me permettrait-elle de partir ? Et son influence ne pourrait-elle agir sur moi-même en Perse et me ramener malgré moi auprès d'elle ? Ce n'est qu'au prix d'amères expériences que je parviendrai à circonscrire les limites de sa puissance démoniaque. Je lutterai âprement de toutes mes forces jusqu'au bout. Que pourrais-je faire de plus ?

Je sais très bien d'avance que, ce soir, vers huit heures, ce désir de me rapprocher d'elle – cette agitation irrésistible – m'envahiront de nouveau. Comment les surmonterai-je ? Que ferai-je ? Il faut que je m'enlève toute possibilité de sortir de chez moi. Je fermerai la porte à double tour, et je jetterai la clef par la fenêtre. Mais alors, demain matin, comment m'arrangerai-je ? N'importe ; demain matin, j'aviserai. En attendant, il faut briser à tout prix cette chaîne qui m'entrave.

9 Avril.

Victoire ! Victoire ! J'ai admirablement réussi !

Hier soir, à sept heures, je me suis dépêché de dîner, puis je me suis enfermé dans ma chambre à coucher, et j'ai laissé tomber la clef dans le jardin. J'ai choisi un roman gai, et je me suis mis au lit, essayant pendant trois heures de m'absorber dans ma lecture, mais en réalité en proie à une trépidation horrible, m'attendant à tout moment à ressentir l'impulsion mauvaise. Il n'en fut, cependant rien, et ce matin, je me suis éveillé avec l'impression d'être enfin débarrassé d'un atroce cauchemar. Peut-être cette créature a-t-elle eu l'intuition des dispositions que j'avais prises, et compris qu'il serait inutile de chercher à m'influencer. Dans tous les cas, je l'ai battue une fois, et du moment que je l'ai battue je pourrai recommencer.

Je me suis trouvé très embarrassé, le matin, à cause de la clef. Heureusement, il y avait, en bas un aide-jardinier, et je lui ai demandé de me la jeter. Il a dû penser que je venais seulement de la laisser tomber, J'aimerais mieux faire visser toutes les portes et les fenêtres et charger six hommes vigoureux de me maintenir sur mon lit plutôt que de me laisser mener ainsi par le bout du nez.

J'ai reçu cette après-midi un petit mot de Mme Marden me priant de passer chez elle. Mon intention, n'importe comment était bien d'aller la voir ; mais j'étais loin de me douter qu'elle avait de mauvaises nouvelles à m'annoncer. Il paraît que les Armstrong, qui doivent laisser leur fortune à Agatha, ont quitté Adélaïde pour rentrer en Angleterre à bord de l'« Aurora », et qu'ils ont écrit à Mme Marden et à sa fille pour les prier de venir au devant d'eux à Londres. Elles devront s'absenter probablement pendant un mois ou six semaines, et comme l'« Aurora » doit arriver mercredi, il est nécessaire qu'elles partent immédiatement – dès demain si elles sont prêtes à temps. Ce qui me console, c'est que, une fois qu'elles seront de retour, nous ne nous séparerons plus.

– Je vais vous demander de me promettre une chose, Agatha, – lui dis-je lorsque nous fûmes seuls ensemble, – c'est que s'il vous arrive de revoir Mlle Penclosa, soit à Londres, soit ici, vous ne lui permettrez plus jamais de vous hypnotiser.

Agatha ouvrit de grands yeux étonnés.

– Comment ? Mais l'autre jour, encore, vous me racontiez que vos expériences vous passionnaient, et que vous aviez l'intention de les poursuivre le plus longtemps possible.

– Je le sais, mais depuis j'ai change d'avis.

– Et vous ne voulez plus vous en mêler ?

– Non.

– Que je suis contente, Austin ! Vous ne vous figurez pas comme vous étiez pâle, et comme vous aviez l'air fatigué depuis quelque temps. C'est ce qui nous faisait le plus regretter d'être obligées d'aller à Londres en ce moment, car il nous en coûtait de vous laisser seul alors que vous paraissiez si abattu. Et puis, vous aviez parfois des manières d'être si étranges… surtout le soir où vous nous avez si brusquement quittés, laissant ce pauvre professeur Pratt-Haldane dans l'obligation de faire le mort. Je suis convaincue que ces sortes d'expérience ont une très fâcheuse influence sur les nerfs.

– Je le crois aussi, mon amie.

– Et pas seulement sur les vôtres, mais sûr ceux de Mlle Penclosa aussi. Vous avez su qu'elle était malade ?

– Non.

– C'est Mme Wilson qui nous l'a appris hier soir. Elle dit que c'est une fièvre nerveuse. Le professeur Wilson doit rentrer cette semaine, et naturellement Mme Wilson tient beaucoup à voir Mlle Penclosa rétablie avant son retour, car il rapporte avec lui tout un programme d'expériences qu'il désire mettre à exécution au plus tôt.

Je suis content d'avoir obtenu la promesse d'Agatha, car c'est bien assez de l'un de nous deux au pouvoir de cette femme. Mais, d'un autre côté, la nouvelle de la maladie de Mlle Penclosa me cause un certain malaise. Cela tend plutôt à atténuer ma victoire d'hier soir. Je me rappelle en effet lui avoir entendu dire que, quand sa santé devenait moins bonne, son influence s'amoindrissait. C'est peut-être pour cela que j'ai pu lui résister si facilement. Quoi qu'il en soit, je reprendrai les mêmes précautions ce soir, et nous verrons bien ce qu'il en adviendra. J'en arrive à avoir peur comme un enfant dès que je pense à elle.

10 Avril.

Tout s'est passé à merveille hier soir. J'ai eu bien envie de rire en voyant la figure du jardinier lorsque j'ai été obligé de lui demander ma clef comme hier. Si cela continue je finirai par passer pour un original aux yeux des domestiques. Mais le point capital, c'est que je suis resté dans ma chambre sans éprouver la moindre envie d'en sortir. Je crois vraiment que je suis en train de m'affranchir de ce joug effroyable – à moins que cela ne prouve simplement que la puissance de cette femme demeurera en suspens tant qu'elle n'aura pas recouvré ses forces, je ne peux que formuler un souhait, c'est que tout aille pour le mieux.

Les Marden sont parties ce matin, et il me semble que le soleil printanier a perdu tout son éclat. Et pourtant, il est bien beau tout de même à voir sur les marronniers verts qui sont en face de mes fenêtres, et ses rayons mettent un peu de gaieté sur les murs tout chargés de lichen des vieux collèges. Que la nature est donc douce, aimable et apaisante ! Qui donc supposerait jamais qu'il sommeille en elle des forces si méprisables, des possibilités si odieuses ? Car, cela va sans dire, je me rends très bien compte que cette chose effroyable dont je suis victime n'est ni surnaturelle, ni même contre nature. Non, c'est assurément une force naturelle qui est encore presque inconnue, mais dont cette femme sait se servir. Le seul fait que cette force subit les fluctuations de ses forces à elle prouve surabondamment qu'elle est soumise d'une façon absolue aux lois physiques. Si j'en avais le temps, je pourrais étudier la chose à fond et peut-être découvrir son antidote. Mais ce n'est plus le moment de chercher à apprivoiser le tigre quand il vous tient dans ses griffes. Le seul expédient qui vous reste est de tacher de se soustraire à ses coups. Ah, quand je me regarde dans la glace, et que je vois mes yeux sombres et ma physionomie espagnole aux traits accentués, je me prends à souhaiter que quelqu'un me les arrose de vitriol ou qu'une attaque de petite vérole les vienne ravager. L'un ou l'autre de ces malheurs m'épargnerait la calamité que je subis.

Je penche à croire que tout n'ira pas si bien ce soir. Deux choses, en effet, me le font craindre. La première, c'est que j'ai rencontré dans la rue, Mme Wilson, et qu'elle m'a dit que, quoique faible encore, Mlle Penclosa allait cependant déjà mieux. Je me surprends à souhaiter en moi-même que cette maladie dont elle est atteinte soit sa dernière. La seconde, c'est que le professeur Wilson va revenir dans un jour ou deux, et que sa présence la forcera certainement, à se contraindre. Pour ces deux raisons-là, j'ai le pressentiment que j'aurai de l'ennui ce soir, et j'aurai soin de prendre les mêmes précautions que ces jours-ci.

10 Avril.

Mon Dieu merci, tout s'est encore bien passé hier soir. Je ne pouvais vraiment pas faire appel plus longtemps au jardinier : cela aurait fini par devenir ridicule. Après avoir fermé la porte, j'ai donc poussé la clef en dessous, ce qui m'a obligé ce matin à demander à la servante de me délivrer. Mais en réalité la précaution que j'avais prise n'était pas nécessaire, car je n'ai jamais eu un seul instant le désir de m'échapper. Trois soirs de suite chez moi ! Je touche certainement à la fin de mes peines, car Wilson sera de retour demain si ce n'est aujourd'hui. Lui dirai-je ou non ce qui m'est arrivé ? Je suis convaincu qu'il ne me témoignerait pas la moindre marque de sympathie. Il verrait seulement en moi un cas intéressant, et lirait un mémoire à mon sujet à la prochaine réunion de la Société des Recherches psychiques, mémoire dans lequel il envisagerait gravement la question de savoir si je n'ai pas menti de propos délibéré ou si au contraire, je ne suis pas déjà dans les premiers stades de la folie. Non, assurément ce n'est pas de la part de Wilson que je dois attendre des paroles réconfortantes.

Je me sens si bien portant et si dispos que je m'étonne moi-même. Je n'ai jamais fait mon cours avec autant d'entrain. Ah, si seulement je pouvais me débarrasser de cette ombre qui obscurcit mon existence, comme je serais donc heureux ! Jeune, assez bien renté, bien en vue dans ma profession, fiancé à une jeune fille aussi belle que charmante – n'ai-je pas entre les mains tout ce qu'un homme peut désirer ? Une chose, une seule me tracasse, mais quelle chose !

Minuit.

J'en deviendrai fou. Oui, c'est ainsi que cela se terminera. Je deviendrai fou. C'est tout juste si je ne suis pas en train de le devenir en ce moment même. Ma pauvre tête qui s'appuie sur ma main fiévreuse est pleine de bruits étranges. Je frissonne de tous mes membres comme un cheval ombrageux. Oh, quelle nuit j'ai passée !… Et pourtant, j'ai lieu aussi d'être satisfait jusqu'à un certain point.

Au risque de devenir la fable des domestiques, j'ai glissé cette fois encore ma clef sous la porte, afin de m'emprisonner pour la nuit. Puis, trouvant qu'il était encore trop tôt pour me coucher, je me suis étendu tout habillé sur mon lit, et j'ai commencé la lecture d'un roman de Dumas. Tout à coup je fus empoigné – empoigné et traîné à bas de mon lit. Il n'y a pas d'autres mots pour donner une idée du caractère irrésistible de la force qui s'est abattue sur moi. Je me suis agriffé aux couvertures. Je me suis cramponné aux boiseries. Je crois même – tant mon émoi était grand – que j'ai laissé échapper des cris ou tout au moins des plaintes. Tout cela était inutile, désespérément inutile. Il me fallait partir coûte que coûte. Il n'y avait pas moyen de faire autrement. Ce n'est qu'au début seulement que je cherchai à résister. Bientôt après, la force qui m'attirait était devenue tellement puissante que je n'étais plus en état de m'y opposer. C'est un bonheur que personne ne se soit trouvé là pour me surveiller et me barrer la route, sans quoi, je ne sais pas ce qui serait arrivé.

Et, chose curieuse, en même temps que la résolution de sortir à tout prix s'emparait de moi, je me sentais une perspicacité remarquable pour trouver les moyens d'y parvenir.

Ayant allumé une bougie, je m'efforçai en m'agenouillant devant la porte, de ramener la clef à l'intérieur en l'attirant vers moi à l'aide des barbes d'une plume d'oie. La plume était un tant soit peu trop courte, et je ne réussis qu'à repousser la clef encore davantage. Mais je ne me décourageai pas pour cela, et avec le plus grand calme et la plus grande ténacité, j'allai chercher dans un tiroir un long coupe-papier grâce auquel je parvins enfin à ravoir ma clef.

Alors j'ouvris la porte, je passai dans mon cabinet, j'y pris une photographie de moi qui se trouvait sur mon bureau, et que je glissai dans ma poche après y avoir écrit quelques mots en travers, et je me mis en route.

Je me rendais parfaitement compte de ce que je faisais, mais tous les actes que j'accomplissais me semblaient indépendants du reste de ma vie, comme le pourraient être les divers épisodes d'un rêve, si distinct fût-il. J'étais doué d'une conscience spéciale et comme dédoublée.

Il y avait d'une part la volonté étrangère et prépondérante qui cherchait à m'attirer vers celle à qui elle appartenait, d'autre part la personnalité mollement rebelle, en laquelle je reconnaissais mon moi qui cherchait vainement à s'affranchir de l'impulsion implacable à laquelle elle était en butte, à la manière d'un terrier en laisse, qui lire sur sa chaîne.

Je me rappelle avoir établi une distinction entre ces deux forces contradictoires, mais je n'ai gardé aucun souvenir de mon passage à travers les rues, ni de la manière dont je fus admis dans la maison.

Par contre, ce qui m'a laissé une impression très nette, c'est la façon dont me reçut Mlle Penclosa.

Elle était renversée sur le canapé, dans le petit boudoir où avaient ordinairement lieu nos expériences, la tête appuyée sur l'une de ses mains, et une sorte de couverture en peau de tigre ramenée sur elle.

Lorsque j'entrai, elle releva la tête d'un air plein d'expectative, et comme la lumière de la lampe éclairait son visage, je remarquai qu'elle était très amaigrie, très pâle et qu'elle avait les yeux creux et profondément cernés. Elle me sourit et m'indiqua un tabouret à côté d'elle. Ce fut de la main gauche qu'elle me l'indiqua, et moi, m'avançant avec empressement, je la pris entre les miennes – je me fais horreur quand j'y songe – et la pressai passionnément contre mes lèvres. Ensuite, m'asseyant sur le tabouret, et conservant toujours sa main dans les miennes, je lui donnai la photographie que j'avais apportée en venant et me mis à lui parler intarissablement de mon amour pour elle, de mon chagrin en apprenant qu'elle avait été malade, de ma joie de la voir rétablie, du tourment que c'était pour moi chaque fois qu'il me fallait passer une soirée sans la voir.

Elle se tenait toujours paisiblement renversée en arrière, me regardant de haut avec ses yeux autoritaires et me souriant de son sourire engageant.

Une fois, il m'en souvient, elle me passe la main sur les cheveux comme on caresse un chien. Et cette caresse me procura une sensation de plaisir. Je me suis senti frémir au contact de sa main. Je lui appartenais, corps et âme, et pour l'instant, je me réjouissais de cet esclavage.

Et c'est alors que se produisit un bienheureux changement. Qu'on ne vienne jamais me dire après cela que la Providence n'existe pas. J'étais au seuil de la perdition. Mes pieds touchaient le bord de l'abîme. Fut-ce une simple coïncidence si, à cet instant même, je vis le secours m'arriver ? Non, non et non, il y a une Providence, et c'est sa main qui m'a empêché de tomber. Il existe de par l'Univers quelque chose de plus fort que cette femme diabolique et que tous ses maléfices. Ah, qu'il m'est doux de le penser !

Tandis que je relevais les yeux pour la regarder, j'eus conscience qu'un changement s'opérait en elle. Sa figure, déjà pâle auparavant, était à présent livide. Ses yeux avaient perdu leur éclat, et ses paupières retombaient lourdement. Mais surtout l'air de sereine confiance dont ses traits avaient été jusqu'alors empreints avait disparu. Son front était barré de rides soucieuses. Elle était indécise et effrayée. Et pendant que je suivais les phases de cette métamorphose, mon esprit à moi oscillait, luttait, faisant tous ses efforts pour s'arracher à l'étreinte qui le retenait – étreinte qui, d'instant en instant, se relâchait davantage.

– Austin, – murmura-t-elle, – j'ai voulu en trop faire. Je n'en ai pas eu la force. Je ne suis pas encore complètement remise de ma maladie Mais je ne pouvais vivre plus longtemps sans vous voir. Vous ne me quitterez pas, dites, Austin ? Ce n'est là qu'une défaillance passagère. Si vous voulez seulement m'accorder cinq minutes, je vais me ressaisir. Donnez-moi le carafon qui est sur la petite table vers la fenêtre.

Mais j'avais déjà repris possession de moi-même. À mesure que ses forces s'en allaient, son influence avait diminué, et elle avait fini par me laisser libre. Et j'étais maintenant agressif – assurément farouchement agressif, – pour une fois du moins, je pourrais faire comprendre à cette femme quels étaient les véritables sentiments que j'éprouvais à son égard. Mon âme était remplie d'une haine aussi bestiale que l'amour qu'elle m'avait inspiré malgré moi ; c'était la réaction qui s'opérait, la colère sauvage et meurtrière du serf révolté ! Je me tenais à quatre pour ne pas empoigner sa béquille et m'en servir pour l'assommer. Elle leva ses mains au-dessus de sa tête comme pour se préserver d'un coup, et se recula dans le coin du canapé en s'éloignant de moi le plus possible.

– Le cognac ! – suffoqua-t-elle. – Le cognac !

Je saisis le carafon, et j'en renversai le contenu sur les racines du palmier qui était devant la fenêtre. Puis je lui arrachai ma photographie des mains et la déchirai en mille morceaux.

– Misérable ! – lui criai-je, – si j'accomplissais mon devoir envers la société, vous ne sortiriez jamais d'ici vivante.

– Je vous aime, Austin, larmoya-t-elle.

– Oui, – m'exclamai-je. – Et vous avez aimé Charles Sadler avant moi, et combien d'autres encore avant lui ?

– Charles Sadler ! – bégaya-t-elle. – Il vous a donc parlé !... Vraiment ?... Charles Sadler !

Sa voix sortait de ses lèvres blêmes, comme le sifflement d'un serpent.

– Oui, oui, je vous connais, et les autres apprendront à vous connaître à leur tour. Abjecte créature que vous êtes ! Vous n'ignoriez pas dans quelle situation je me trouvais ; et malgré cela, vous avez eu recours à votre abominable pouvoir pour m'attirer à vos côtés. Peut-être recommencerez-vous encore, mais au moins vous pourrez vous rappeler m'avoir entendu dire que j'aime de tout mon cœur Mlle Marden, et que vous je vous déteste et vous hais. Rien que de vous voir et d'entendre le son de votre voix, cela me remplit d'horreur et de dégoût. Le seul fait de penser à vous m'inspire de la répugnance. Voilà quels sentiments j'éprouve à votre égard, et s'il vous plaît de m'attirer vers vous de nouveau comme vous l'avez fait ce soir, vous n'aurez en tout cas qu'une bien pauvre satisfaction, je pense, à vouloir faire un amoureux de celui qui vous a déclaré tout net ce qu'il pensait de vous en réalité. Vous pourrez me mettre les paroles que vous voudrez dans la bouche, mais vous ne pourrez pas faire autrement que de vous souvenir…

Je m'arrêtai, car elle avait renversé la tête en arrière et perdu connaissance. Elle ne pouvait supporter d'entendre ce que j'avais à lui dire. Quelle satisfaction pour moi de penser que, quoi qu'il arrive plus tard, elle ne pourra jamais plus se méprendre sur mes véritables sentiments à son endroit. Mais qu'adviendra-t-il dans l'avenir ? Que va-t-elle faire dorénavant. Je n'ose y penser. Oh si seulement elle pouvait me laisser tranquille ! Mais quand je songe à ce que je lui ai dit… N'importe, j'aurai toujours été le plus fort pour une fois.

11 Avril.

J'ai à peine dormi cette nuit, et je me suis senti si fatigué et si fiévreux, ce matin, que j'ai été obligé de prier Pratt-Haldane de faire mon cours à ma place. C'est la première fois que pareille chose m'arrive. Je me suis levé à midi ; mais j'ai mal à la tête, mes mains tremblent, mes nerfs sont dans un état pitoyable.

J'ai eu ce soir une visite à laquelle je ne m'attendais guère : celle de Wilson. Il revient de Londres où il a donné des conférences, lu des mémoires, organisé des réunions, démasqué un médium, dirigé une série d'expériences sur la transmission de la pensée, reçu le professeur Richet, de Paris, passé des heures à regarder dans une boule de cristal et formé quelques conclusions sur le passage de la matière à travers la matière. Tout cela, il me l'a débité d'un seul jet.

– Mais vous, – s'écria-t-il enfin, – vous n'avez pas l'air en train. Et Mlle Penclosa est tout abattue aujourd'hui. Où en sont vos expériences ?

– Je les ai abandonnées.

– Allons donc, et pourquoi ?

– Parce que le sujet m'en paraissait dangereux.

Il tira aussitôt de sa poche son gros carnet brun.

– Voilà qui est très intéressant, – dit-il. – Mais sur quoi vous basez-vous pour dire que vous le trouvez dangereux. Ayez l'obligeance de m'exposer les faits dans leur ordre chronologique avec les dates approximatives et les noms des témoins dignes de foi avec leur adresse.

– Tout d'abord – lui demandai-je, – veuillez me dire si vous avez enregistré des cas où l'hypnotiseur acquérait une influence prépondérante sur son sujet, et s'en servait dans de mauvais desseins ?

– Par douzaines, – s'écria-t-il, exultant. Le crime par suggestion…

– Ce n'est pas de la suggestion que je veux parler. J'entends une impulsion soudaine, émanant d'une personne éloignée… une impulsion irrésistible.

– L'obsession alors ! – s'exclama-t-il dans un transport de ravissement. – C'est l'état le plus rare. Nous en avons huit cas, dont cinq bien attestés. Est-ce que par hasard…

– Non, non, – répondis-je. – Bonsoir ! Vous m'excuserez, mais je ne me sens pas très bien, ce soir.

C'est ainsi que je me débarrassai enfin de lui tandis qu'il brandissait encore son crayon.

Mes tourments sont pénibles à endurer, mais j'aime encore mieux les garder pour moi seul que de donner à Wilson l'envie de m'exhiber comme une bête curieuse dans une fête. Il ne voit plus chez les autres des êtres humains. Tout pour lui représente un cas ou un phénomène. Plutôt mourir que de lui reparler jamais de cette question-là !

12 Avril.

Hier a été une journée de tranquillité bénie, et j'ai eu le bonheur de passer une nuit sans inquiétudes.

La présence de Wilson est une grande sécurité pour moi. Que peut me faire cette femme désormais ? Assurément, lorsqu'elle m'a entendu lui dire ce que j'avais à lui dire, elle a dû éprouver pour moi autant de répulsion que j'en éprouvais pour elle. Il ne se peut pas… non certes, il ne se peut pas qu'elle veuille se faire un amoureux d'un homme qui l'a insultée. Non, je crois que je n'ai plus rien à craindre de son amour… mais en pourrais-je dire autant de sa haine ? Ne serait-elle pas capable d'user du pouvoir qu'elle possède pour se venger de l'affront que je lui ai fait ? Bah, à quoi bon m'épouvanter avec des ombres ? Elle ne pensera plus à moi, je ne penserai plus à elle, et tout sera dit.

13 Avril.

Ma nervosité est tout à fait passée. Je crois vraiment que j'ai vaincu une fois pour toutes cette créature maudite, mais je dois avouer que je vis constamment dans l'attente. Elle doit être bien rétablie à présent, car j'ai entendu dire qu'on l'avait vue passer en voiture avec M. Wilson dans la grand'rue.

14 Avril.

Comme je voudrais pouvoir me sauver d'ici dès maintenant ! Je courrai rejoindre Agatha le jour même de la fermeture des cours. Je suis sans doute d'une faiblesse pitoyable, mais il est un fait certain, c'est que cette femme me met dans une anxiété terrible.

Je l'ai revue et je lui ai parlé.

C'était aussitôt après le déjeuner, et j'étais en train de fumer une cigarette dans mon cabinet lorsque j'entendis dans le corridor le pas de ma servante Murray. J'eus vaguement conscience que quelqu'un la suivait, et je m'étais à peine donné le temps de deviner qui cela pouvait être, lorsqu'un léger bruit me fit soudain bondir de mon fauteuil tout frissonnant d'appréhension. Je n'avais pas particulièrement remarqué auparavant quel genre de bruit faisait le heurt d'une béquille sur le plancher, mais tout de suite le frémissement de mes nerfs m'avertit que c'était cela que j'entendais : le choc sec du bois, alternant avec le coup plus sourd produit par le pied. Un instant, après la domestique l'avait introduite :

Je n'essayai pas de me conformer, ni elle non plus du reste, aux règles ordinaires de la politesse. Ma cigarette à demi éteinte entre les doigts, je me contentai de rester à ma place sans bouger en la regardant entrer. Elle aussi me regarda longuement en silence, et son regard me rappela que, sur ces pages mêmes, j'avais cherché à définir l'expression de ses yeux et à décider s'ils étaient furtifs ou farouches. Aujourd'hui il n'y avait pas d'hésitation permise – ils étaient farouches, froidement, inexorablement farouches.

– Eh bien, – me demanda-t-elle enfin, – êtes-vous toujours du même avis que lors de notre dernière rencontre ?

– Je n'en ai jamais changé.

– Comprenons nous bien, Professeur, – reprit-elle d'une voix lente. – Il est scabreux de s'amuser avec moi comme vous devez vous en rendre compte. C'est vous qui m'avez demandé d'entamer cette série d'expériences ; c'est vous qui avez gagné mon affection ; c'est vous qui m'avez apporté votre portrait revêtu d'une dédicace affectueuse, et enfin c'est vous qui, le même soir, avez jugé opportun de m'outrager de la façon la plus injurieuse, me parlant comme jamais aucun homme n'avait osé me parler jusqu'à ce jour. Avouez que ces paroles vous ont échappé dans un moment de colère, et je serai toute prête à les oublier et à les pardonner. Vous ne pensiez pas ce que vous avez dit, n'est-ce pas ? Vous ne me détestez pas ?

J'étais presque tenté de plaindre cette malheureuse contrefaite – un tel désir d'aimer s'était si brusquement révélé au fond de ses prunelles menaçantes. Mais je repensai à tout ce que j'avais enduré à cause d'elle, et mon cœur devint dur.

– Si vous m'avez jamais entendu vous parler d'amour, – répliquai-je, – vous savez fort bien que c'était votre voix qui parlait et non la mienne. Les seules paroles de vérité que j'aie pu vous adresser furent celles que je prononçai lors de notre dernière entrevue.

– Je le sais. Quelqu'un vous a excité contre moi. C'est lui. – Elle frappa avec sa béquille sur le plancher pour indiquer mon voisin d'en dessous. – Or, vous n'ignorez pas que, si je le voulais, je pourrais, à l'instant même vous contraindre à vous coucher à mes pieds comme un épagneul. Il ne vous arrivera plus de me surprendre dans un moment de faiblesse où vous puissiez m'insulter avec impunité. Prenez garde à ce que vous faites, Professeur Gilroy. Vous êtes placé dans une situation terrible. Vous ne vous êtes pas encore rendu compte de l'ascendant que j'ai sur vous.

Je haussai les épaules et me détournai.

– Eh bien, reprit-elle après une pause, – puisque vous méprisez mon amour, nous verrons un peu ce que je pourrai obtenir de vous avec la peur. Vous souriez maintenant, mais un jour viendra où, à grands cris, vous me supplierez de vous pardonner. Oui, tout fier que vous êtes, vous ramperez dans la poussière devant moi, et vous maudirez le jour où, de votre meilleure amie, vous avez fait votre pire ennemie. Prenez garde Professeur Gilroy.

J'entrevis une main blanche qui s'agitait en l'air, et un visage qui n'avait presque plus rien d'humain tant il était grimaçant de colère. Un instant après, elle était partie, et j'entendis, dans le corridor, son étrange bruit de clochement, qui allait s'éloignant, accompagné, à brefs intervalles, de coups de béquille.

En attendant, elle m'a mis l'inquiétude dans l'âme ; des pressentiments vagues de malheurs à venir m'assaillent à chaque instant. C'est en vain que j'essaie de me persuader que les menaces qu'elle m'a faites ne sont que des paroles en l'air inspirées par la colère. Je me rappelle trop bien le regard implacable de ses yeux pour supposer qu'il en soit ainsi. Que dois-je faire ?... Ah oui, que dois-je faire ? Je ne suis plus le maître de mon âme désormais. À n'importe quel moment cet exécrable parasite peut s'insinuer en moi, et alors ?... Il faut que je confie à quelqu'un mon hideux secret, il le faut sans quoi je deviendrai fou. Si encore j'avais quelqu'un pour me témoigner un peu de sympathie et me donner des conseils ! Wilson ? Il ne faut pas y songer, Charles Sadler ? Lui, ne me comprendrait que dans la mesure de ce qu'il a vu lui-même. Pratt-Haldane ? Voilà un homme bien équilibré, un homme de grand bon sens et plein de ressource. J'irai le trouver. Je lui raconterai tout. Dieu veuille qu'il soit capable de me conseiller !

IV

6 h. 45 du soir.

Non, c'est inutile, il n'y a personne en ce monde qui puisse me secourir. Il faut que je me résigne à lutter tout seul, j'ai le choix entre deux parties : ou bien faire la cour à cette femme comme elle désire, ou bien supporter toutes les persécutions qu'il lui plaira de m'infliger. Même si elle ne me fait rien, je vivrai perpétuellement dans un enfer d'appréhension. Eh bien, elle peut me torturer, elle peut me rendre fou, elle peut me tuer, jamais, jamais je ne céderai. Quel que soit le supplice qu'elle m'inflige, il ne sera pas si cruel que celui de perdre Agatha et de savoir que j'ai forfait à mon honneur de galant homme.

Pratt-Haldane s'est montré fort aimable et a écouté mon récit avec la plus grande politesse. Mais lorsque je me suis pris à considérer ses gros traits, ses yeux endormis et l'ameublement lourd et massif au milieu duquel il vivait, j'ai senti que je ne pourrais guère le prendre comme confident pour une question aussi délicate. Tout cela était si substantiel, si matériel. Et puis d'ailleurs, qu'aurais-je moi-même répondu, il y a un mois à peine, si l'un de mes confrères était venu me raconter une semblable histoire d'obsession démoniaque ? Peut-être aurais-je témoigné d'une patience moins grande que la sienne.

Quoi qu'il en soit, il a pris note de mes explications, m'a demandé quelle quantité de thé je buvais, combien d'heures je dormais, si je m'étais surmené ces derniers temps, si j'avais des élancements dans la tête, des cauchemars, des tintements dans les oreilles, des éblouissements dans les yeux – autant de questions indiquant qu'il croyait devoir imputer à une congestion cérébrale la cause de mon tourment.

Finalement, il me congédia après m'avoir conseillé de prendre de l'exercice au grand air, d'éviter les sujets de surexcitation nerveuse, et débité un tas d'autres platitudes de ce genre. Je fis une boulette de son ordonnance dans laquelle il indiquait comme calmants le chloral et le bromure et la jetai au ruisseau.

Non, personne en ce monde ne peut me venir en aide. Si je demande avis à d'autres encore, je m'expose fort à ce qu'ils tiennent conseil entre eux et décident de me faire interner. Il ne me reste plus qu'à prendre mon courage à deux mains en souhaitant qu'il y ait encore un Dieu pour les honnêtes gens.

15 Avril.

C'est le printemps le plus délicieux que l'on ait jamais vu de mémoire d'homme. Il est si vert, si doux, si beau ! Ah, quel contraste entre cette radieuse nature et mon âme si déchirée !

Il ne m'est rien arrivé aujourd'hui, mais je sais que je suis sur le bord d'un abîme. Je le sais, et cependant je continue à vivre selon ma routine journalière. Le seul point brillant dans mon horizon noir, c'est qu'Agatha est heureuse, bien portante et à l'abri de tout danger. Si cette créature nous tenait tous les deux, que ne pourrait-elle faire ?

16 Avril.

Cette femme déploie une grande ingéniosité dans sa manière de me tourmenter. Elle sait combien j'aime mon travail et à quel point mon cours est apprécié. Aussi est-ce de ce côté-là qu'elle s'attaque à moi maintenant. Cela finira, je le vois bien, par me faire perdre ma place de professeur, mais je n'en combattrai pas moins jusqu'au bout. Si elle réussit à m'en déloger ce ne sera pas faute que je m'y sois cramponné.

Je n'avais remarqué aucun changement en moi ce matin pendant mon cours, sauf pendant une minute ou deux durant lesquelles j'ai éprouvé une sorte d'étourdissement ou de vertige qui a passé presque tout de suite. Au contraire, je me félicitais d'avoir réussi à traiter mon sujet – les fonctions des globules rouges – d'une façon aussi claire qu'intéressante.

Ce ne fut donc pas sans surprise que je vis un étudiant entrer dans mon laboratoire aussitôt après le cours et m'exposer la perplexité où le mettait la contradiction que présentaient mes explications avec celles de mon livre. Il me montra les notes qu'il avait prises, et qui indiquaient que, pendant une partie de mon cours, j'avais soutenu les hérésies les plus fantaisistes.

Naturellement je me suis défendu d'avoir jamais prononcé de telles absurdités, et je lui ai donné à entendre qu'il avait mal interprété ce que j'avais dit, mais en comparant ses notes avec celles de ses camarades, j'ai vu qu'il avait raison, et que j'avais réellement fait les assertions les plus invraisemblables.

Bien entendu j'expliquerai la chose en alléguant une distraction momentanée, mais j'ai lieu de croire, hélas, que l'incident se renouvellera. Heureusement il n'y a plus qu'un mois à passer à présent pour être à la fin de la session, et il faut espérer que je pourrai résister jusqu'à ce moment-là.

26 Avril.

Il y a dix jours que je n'ai eu le courage de rien écrire sur mon journal. À quoi bon prendre en note l'humiliation et l'avilissement dont je suis victime ? Je m'étais juré de ne jamais le rouvrir, et pourtant telle est la force de l'habitude que je me remets instinctivement aujourd'hui à consigner ici la suite de mes atroces péripéties – comme on voit des suicidés prendre note des effets du poison qui les tue.

Eh bien, la catastrophe que je prévoyais s'est produite – et cela pas plus tard qu'hier. Les autorités universitaires m'ont retiré mon cours. On a agi vis-à-vis de moi avec une extrême délicatesse, comme s'il s'agissait d'une mesure temporaire pour me permettre de me reposer du surmenage que j'ai subi et me donner tout loisir pour me soigner. Il n'en reste pas moins que c'est un fait accompli, et que j'ai cessé d'être le professeur Gilroy. Le laboratoire reste encore sous ma surveillance jusqu'à présent, mais il est probable que ce n'est pas pour longtemps.

Ma révocation est venue de ce que mon cours avait fini par être la risée de toute l'Université. Ma classe était envahie par une cohue d'étudiants qui venaient exprès pour voir et entendre ce que l'excentrique professeur allait encore faire ou dire. Je ne peux pas entrer dans ces humiliants détails. Oh ! cette femme diabolique ! Il n'y a pas de bouffonneries, ni de stupidités grotesques auxquelles elle ne m'ait contraint. Je commençais mon cours en m'exprimant avec beaucoup de correction et de netteté – mais toujours avec l'appréhension de quelque lacune imminente. Puis, lorsque je sentais la néfaste influence s'emparer de moi, les mains crispées et la sueur au front, je luttais tant que je pouvais pour y résister, tandis que les étudiants entendant mes paroles incohérentes et observant mes contorsions se mettaient à rire à gorge déployée. Ensuite, une fois qu'elle était arrivée à me gouverner comme elle voulait, elle me faisait dire les choses les plus insensées : plaisanteries bêtes, allocutions bizarres, comme si j'avais été en train de porter un toast, bribes de ballades et même, parfois, insultes personnelles contre tel ou tel membre de ma classe. Et puis, tout à coup, mon cerveau recouvrait sa lucidité perdue, et à partir de ce moment mon cours se continuait gravement jusqu'à la fin. Rien d'étonnant à ce que ma conduite soit devenue la fable du collège ! Rien d'étonnant à ce que l'aréopage universitaire se soit vu dans l'obligation de couper court officiellement à un tel scandale. Oh, cette femme diabolique !

Et le côté le plus effroyable de tout cela, c'est la solitude dans laquelle je me trouve. Qui soupçonnerait jamais que je suis la proie d'une obsession pareille, en me voyant assis comme je le suis en ce moment dans une banale bow-window anglaise en train de regarder une non moins banale rue anglaise avec ses omnibus bariolés et ses policemen indolents ; et pourtant, derrière moi se dresse une ombre effroyable, en désaccord complet avec l'époque et le milieu où je vis. Au milieu même de cette maison de science, je suis terrassé et terrassé par une puissance dont la science ne connaît rien. Aucun magistrat ne consentirait à m'entendre. Aucun journal n'entreprendrait de discuter mon cas. Aucun médecin n'ajouterait foi à mes déclarations. Mes amis les plus intimes ne verraient en ce qui m'arrive qu'un symptôme de dérangement cérébral. Je suis condamné à me tenir à l'écart de tous mes semblables. Oh, cette femme diabolique !

Mais qu'elle se méfie ! Elle va peut-être me pousser à bout tout à fait. Quand on ne peut pas se faire rendre justice par les autres, il arrive qu'on se la rend soi-même.

Je l'ai rencontrée dans la grand'rue hier soir, et elle m'a parlé. C'est peut-être tant mieux pour elle que notre rencontre n'ait pas eu lieu entre les haies d'une route de campagne déserte. Elle m'a demandé avec son sourire glacial si je me tenais pour suffisamment châtié ainsi. Je n'ai pas daigné lui répondre.

– Il faudra que nous essayions de vous donner un nouveau tour de vis, – m'a-t-elle dit alors.

– Prenez garde, madame, prenez garde !

Je l'ai déjà tenue à ma merci une foi ; peut-être l'occasion s'en présentera-t-elle de nouveau.

28 Avril.

Ma révocation a eu également pour effet de lui ôter la possibilité de continuer à me tourmenter comme elle l'avait fait ces derniers temps, et il en résulte que je viens de jouir de deux bonnes journées de tranquillité.

Après tout, il n'y a pas lieu de désespérer. Je reçois de toute part des témoignages de sympathie, et tout le monde s'accorde à dire que c'est mon dévouement à la science et le caractère ardu de mes recherches qui ont ébranlé mon système nerveux. J'ai reçu un message fort aimable du conseil de l'Université, m'engageant à voyager à l'étranger et manifestant le ferme espoir de me voir en état de reprendre mes fonctions dès le début du trimestre d'été. On ne saurait imaginer rien de plus flatteur que les allusions qui y sont faites à ma carrière et aux services que j'ai rendus. Ce n'est que dans le malheur qu'on peut réellement apprécier la sympathie dont on jouit.

Il se peut que cette créature se lasse de me tourmenter et qu'alors tout finisse par bien tourner quand même. Dieu veuille qu'il en soit ainsi !

29 Avril.

Il vient de se produire une légère sensation dans notre petite ville endormie. Les faits-divers y sont assez rares en général, et il ne s'y commet guère de crime plus terrible que celui d'un noctambule tapageur qui casse quelques carreaux, ou qui en vient aux mains avec un policeman. Mais cette nuit, cela a été plus grave : des cambrioleurs ont essayé de s'introduire dans la succursale de la Banque d'Angleterre, et il n'en a pas fallu davantage pour mettre toute la population en émoi.

Parkinson, le directeur, est un de mes amis intimes, et je l'ai trouvé en proie à la plus vive émotion lorsque je suis allé le voir ce matin. Même si les voleurs avaient réussi à s'introduire dans la caisse – ce qu'ils n'ont d'ailleurs pas fait – il leur aurait fallu venir à bout des coffres-forts, de sorte que la défense était d'une force beaucoup plus considérable que ne le fut l'attaque. En somme, cette attaque ne semble pas avoir été bien formidable. Les châssis inférieurs de deux fenêtres du rez-de-chaussée portent simplement les marques d'une tentative d'effraction, comme si l'on avait poussé en dedans un oiseau à froid ou quelque autre instrument analogue pour essayer de les soulever. Il y a un détail qui devrait tendre à faciliter beaucoup les recherches, c'est que les boiseries avaient été justement repeintes en vert la veille, et le ou les malfaiteurs se sont mis certainement de la peinture après les doigts et après leurs vêtements.

4 h. et demi de l'après-midi.

Ah, la maudite femme ! la maudite femme !

N'importe ! elle ne me vaincra pas ! Non, elle ne me vaincra pas ! Mais quelle diablesse ! Elle m'a déjà enlevé ma place ; maintenant, elle voudrait me déshonorer. Ne puis-je donc rien contre elle ? Rien, sauf… Mais, si harcelé que je sois, je ne puis me résoudre à une chose pareille !

Il y a environ une heure, j'étais entré dans ma chambre et je me brossais les cheveux devant la glace, lorsque soudain mes yeux furent frappés de quelque chose qui me donna une telle nausée et me causa un si profond saisissement, que je m'assis sur le bord de mon lit et me mis à pleurer. Il y a bien des années que je n'avais versé de larmes, mais cette fois j'étais complètement anéanti, et je ne pouvais que sangloter, sangloter éperdument, en proie à une colère impuissante.

Ce que j'avais vu était ceci : mon veston d'intérieur, le paletot que j'enfile ordinairement après dîner, pendait à sa patère, et la manche droite, depuis le poignet jusqu'au coude, était barbouillée, en divers endroits, d'une épaisse couche de peinture verte desséchée.

Ainsi, voilà donc ce qu'elle voulait dire quand elle m'a parlé de donner un nouveau tour de vis ! Non contente de m'avoir fait passer pour un crétin aux yeux de tout le monde, elle voudrait maintenant qu'on me prît pour un criminel.

Elle a manqué son coup aujourd'hui, c'est fort bien ; mais la prochaine fois ? Je n'ose y songer…

Et Agatha ? Et ma pauvre vieille mère ?

Oui, c'est bien cela son nouveau tour de vis, et c'est cela aussi qu'elle entendait sans doute quand elle m'a dit que je ne me rendais pas compte de l'ascendant qu'elle a pris sur moi.

Je viens de relire le récit que j'ai fait de la conversation que j'ai eue un jour avec elle, lorsqu'elle m'a déclaré que, si elle exerçait sa volonté d'une façon légère, son sujet se rendait compte de ce qu'il faisait, et que si, au contraire, elle l'exerçait avec plus de force, il n'avait plus conscience de ses actes.

Cette nuit ç'a été mon cas. J'aurais juré que j'avais dormi profondément dans mon lit, sans que mon sommeil eut même été troublé par le moindre rêve. Et pourtant, ces taches de peinture m'indiquent que je me suis habillé, que je suis sorti, que j'ai essayé de fracturer les fenêtres de la Banque, et que je suis rentré. Ai-je été vu ? Se peut-il que quelqu'un m'ait pris sur le fait, et suivi jusque chez moi ? Ah quel enfer ma vie est devenue ! Je ne connais plus ni tranquillité, ni repos. Mais il va falloir que cela finisse d'une manière ou de l'autre. Je ne pourrai pas endurer ce supplice beaucoup plus longtemps maintenant.

10 heures du soir.

J'ai nettoyé mon veston avec de la térébenthine. Je ne pense pas que personne ait pu me voir. C'est avec mon tournevis que j'ai fait ces marques aux fenêtres. Je l'ai retrouvé tout barbouillé de peinture, et je l'ai nettoyé. J'ai une telle migraine qu'on dirait que ma tête va éclater. Aussi j'ai pris cinq cachets d'antipyrine. Si la pensée d'Agatha ne m'avait retenu, j'en aurais pris cinquante pour en finir une fois pour toutes.

3 Mai.

Trois jours de tranquillité. Cette créature infernale est comme un chat qui joue avec une souris. Elle ne me lâche que pour bondir sur moi de nouveau. Je n'ai jamais si peur d'elle que quand elle me laisse complètement tranquille. Mon état physique est déplorable – hoquets ininterrompus, ptôsis de la paupière gauche.

J'ai reçu une lettre des Marden m'annonçant qu'elles seront de retour après-demain. Je ne sais si je dois m'en réjouir ou m'en affliger. Tant qu'elles étaient à Londres, elles étaient en sûreté. Une fois revenues ici, qui sait si elles ne seront pas attirées à leur tour dans ces misérables filets où je me débats moi-même ? Et il faudra que je leur dise ce qu'il en est. Je ne pourrai pas me marier avec Agatha tant que j'aurai conscience de n'être pas responsable de mes actes. Il faudra que je leur dise quand bien même cela devrait provoquer une rupture entre nous.

C'est ce soir qu'a lieu le bal de l'Université, et je ne peux pas faire autrement que d'y aller. Dieu sait que je n'ai jamais eu si peu le cœur à m'amuser, mais je ne veux pas qu'on puisse dire que je ne suis plus en état de paraître en public. Au contraire, si l'on y remarque ma présence, et que l'on me voit causer avec les doyens de l'Université cela aidera beaucoup à faire comprendre qu'il serait injuste de me retirer ma chaire.

11 h. et demie du soir.

Je suis allé au bal. Charles Sadler m'a accompagné en allant, mais je suis reparti avant lui. Néanmoins, je vais attendre qu'il rentre pour me coucher, car vraiment j'appréhende de m'endormir le soir à présent. C'est un garçon enjoué et cela me calmera de bavarder un peu avec lui.

Somme toute cette soirée s'est passée d'une façon pleinement satisfaisante. J'ai parlé à tous ceux qui sont doués de quelque influence, et je crois avoir réussi à leur faire comprendre que ma chaire n'était pas encore tout à fait vacante.

La malfaisante créature était au bal, elle aussi, incapable de danser, bien entendu, mais assise avec Mme Wilson. À maintes et maintes reprises, ses yeux se fixèrent sur moi, et ce furent encore ses yeux que mon regard rencontra en dernier lieu au moment où je me retirais.

Une fois, m'étant assis de coin, je me pris à l'observer sans en avoir l'air, et je m'aperçus que son attention était concentrée sur Sadler qui, en ce moment, dansait avec la seconde des demoiselles Thurston. Si j'en juge par l'expression que sa physionomie avait alors, il vaut mieux pour lui qu'il ne soit pas sous sa domination comme moi. Il ne se doute pas à quel fléau il a échappé.

Il me semble que j'entends son cas dans la rue ; je vais descendre au-devant de lui. S'il veut...

4 Mai.

Pourquoi me suis-je interrompu de cette façon hier soir ! Je ne suis pas descendu du tout comme je le disais – ou du moins, si je l'ai fait, je n'en ai aucune souvenance.

Par contre, je ne me rappelle pas non plus avoir été me coucher. J'ai une main très enflée, ce matin, et pourtant je ne crois pas m'être blessé. À part cela, je constate que la soirée d'hier m'a fait du bien. Mais je ne puis pas comprendre comment il se fait que je n'aie pas été à la rencontre de Charles Sadler, alors que j'en avais l'intention bien arrêtée. Se pourrait-il donc... Hélas, ce n'est que trop probable ! M'a-t-elle fait commettre encore quelque insanité ?... Je vais aller trouver Sadler pour voir s'il sait ce qu'il en est.

Midi.

Ma situation est devenue absolument intenable. Ma vie ne vaut plus la peine d'être vécue. Mais s'il faut que je disparaisse, cette femme disparaîtra aussi en même temps que moi. Je ne veux pas qu'elle me survive pour en conduire un autre à la folie comme elle m'y a conduit moi-même. Non, cette fois, je suis tout à fait poussé à bout. Elle est arrivé à faire de moi l'homme le plus désespéré et le plus dangereux qui existe. Dieu sait que je n'ai jamais fait de mal à une mouche, mais si je pouvais tenir cette femme entre mes mains, je jure qu'elle ne sortirait pas d'ici vivante.

J'irai la voir aujourd'hui même, et je lui ferai savoir à quoi elle doit s'attendre de moi.

Ce matin, je suis descendu chez Sadler, et à ma grande surprise, je l'ai trouvé au lit. En me voyant entrer, il s'est dressé sur son séant et a tourné vers moi une figure qui me fit peine.

– Eh bien, quoi donc, Sadler ! Que vous est-il arrivé ? – m'écriai-je.

Mais je sentis mon cœur se glacer au moment même où je prononçais ces paroles.

– Gilroy, – me répondit-il en parlant avec difficulté tant il avait les lèvres enflées. – J'avais, depuis plusieurs semaines déjà, l'impression que vous étiez fou. Maintenant, j'en suis sûr, et je sais même que vous êtes un fou dangereux. N'était que je ne veux pas provoquer un scandale, vous seriez déjà entre les mains de la police.

– Vous voulez dire ? … – commençai-je.

– Je veux dire que hier soir, quand j'ai ouvert la porte, vous vous êtes jeté sur moi, vous m'avez frappé des deux poings à la figure, renversé par terre, envoyé de furieux coups de pied dans les côtés et laissé presque évanoui sur le trottoir. Regardez votre main : elle vous donnera la preuve de ce que je vous dis.

En effet, elle était toute bouffie, surtout aux jointures, comme si elle avait subi quelque choc terrible. Que pouvais-je faire ? Bien qu'il m'eût taxé de folie, il me fallait bien lui avouer tout. Je m'assis auprès de son lit et me mis à lui raconter, depuis le début, tous les malheurs qui m'étaient arrivés. Je lui racontai ces choses en tremblant et avec des paroles fiévreuse qui auraient convaincu les plus sceptiques.

– Elle vous déteste comme elle me déteste, – m'écriai-je. – Hier soir, elle s'est vengée sur nous deux en même temps. Elle m'a vu quitter le bal, et elle a dû vous voir partir également. Elle savait le temps qu'il vous faudrait pour rentrer chez vous. Alors elle n'a eu qu'à faire appel à sa volonté mauvaise. Ah, l'état de votre figure n'est rien en comparaison de celui où est mon âme.

Il fut visiblement frappé de mon récit.

– Oui, oui, elle m'a guetté en effet lorsque je m'en suis allé, – murmura-t-il. – Elle est très capable d'avoir fait ce que vous dites. Mais est-il possible qu'elle vous ait réduit à une pareille extrémité ? Quelles sont vos intentions ?

– Mon intention est de mettre un terme à ce supplice, et m'écriai-je. – Je la préviendrai une bonne fois aujourd'hui, et si elle recommence, tant pis pour elle.

– Ne commettez pas de folie ! – me dit-il.

– De folie ! – m'exclamai-je. – Mais la plus grande folie que je pourrais commettre serait de tarder seulement d'une heure à agir.

Et je m'élançai hors de la chambre.

Me voici donc à la veille de ce qui pourra être le moment le plus critique de mon existence. Je vais faire immédiatement ce que j'ai dit. En attendant, j'ai obtenu un bon résultat aujourd'hui, car j'ai réussi à faire comprendre à un homme au moins ce qu'est réellement cette aventure monstrueuse dont je suis victime. Et dans le cas où les pires éventualités se produiraient, ce journal subsistera pour établir quelles furent les raisons qui m'ont fait agir.

Dans la soirée.

Quand je me suis présenté chez Wilson, on m'a tout de suite introduit, et je l'ai trouvé assis en compagnie de Mlle Penclosa. Une demi-heure durant, il m'a fallu subir ses fastidieuses explications au sujet des recherches qu'il a récemment entreprises sur les corps spirites, et pendant tout ce temps-là, cette femme et moi, nous nous sommes regardés en silence d'un bout de la pièce à l'autre. J'ai vu briller dans ses yeux une lueur de satisfaction sinistre, et elle a dû voir dans les miens une expression haineuse et menaçante.

Je désespérais presque de pouvoir m'entretenir avec elle comme je le désirais, lorsqu'on vint appeler Wilson, il nous laissera seuls ensemble pendant quelques minutes.

– Eh bien, Professeur Gilroy... mais, n'est-ce pas plutôt, Monsieur Gilroy qu'il faudrait dire, à présent, – murmura-t-elle avec son sourire aimer. – Comment va votre ami, M. Charles Sadler ?

– Misérable ! – lui criai-je. Vous êtes arrivée au terme de vos maléfices, à présent. Écoutez bien ce que je vais vous dire. – Je m'approchai d'elle et la secouai rudement par l'épaule. – Aussi vrai qu'il y a un Dieu au ciel, je jure que, si vous recommencez à me tourmenter avec nos diableries, vous le paierez de votre vie. Quoi qu'il en résulte, je vous tuerai. Il m'est impossible de supporter cela plus longtemps.

– Nous n'avons pas encore tout à fait réglé nos comptes, – me dit-elle avec une colère égale à la mienne. – Je suis capable d'aimer, mais je suis capable de haïr. Vous avez eu le choix entre les deux. Il vous a plu de mépriser mon amour, il va vous falloir maintenant tâter de ma haine. Je vois que je serai obligée d'aller encore un peu plus loin pour vous amener à la soumission complète, mais j'arriverai bientôt à vous mater. Mlle Marden revient demain, si je ne me trompe ?

– En quoi cela vous regarde-t-il ? – m'exclamai-je. – C'est une profanation que vous commettez en osant seulement penser à elle. Si je vous croyais capable de lui faire du mal…

Je vis qu'elle avait peur, bien qu'elle s'efforçât de n'en rien laisser paraître. Elle devina les noirs desseins que j'avais en tête et recula en frissonnant.

– Elle est heureuse d'avoir un champion tel que vous, – dit-elle, – qui pousse l'audace jusqu'à proférer des menaces contre une femme sans défense. Vraiment, il faut féliciter Mlle Marden du protecteur qu'elle s'est choisi.

Ses paroles étaient amères, mais sa voix et son attitude l'étaient plus encore.

– Trêve de discours, – interrompis-je – Je suis venu ici pour vous dire (et cela de la façon la plus formelle) que la prochaine tentative que vous ferez contre moi sera la dernière.

Là-dessus, entendant le pas de Wilson dans l'escalier, je m'en allai.

Oui, elle a beau se donner des airs méchants et sinistres, elle ne commence pas moins à s'apercevoir qu'elle a autant à redouter de moi que j'ai à redouter d'elle. Assassiner ! c'est un bien vilain mot. Mais on ne dit pas assassiner un serpent, ni assassiner un tigre. Dorénavant, je lui conseille de bien se tenir.

5 Mai.

Je suis allé au-devant d'Agatha et de sa mère à la gare, à onze heures. Elle était enjouée, heureuse, et si belle ! Et elle a été transportée de joie en me retrouvant ! Qu'ai-je fait pour mériter un tel amour ?

Je suis rentré à la maison avec elles, et nous avons déjeuné ensemble. Il me semble que tous mes soucis se sont envolés en un instant. Agatha m'a dit que j'étais pâle, et que j'avais l'air mal partant et fatigué. La chère enfant attribue cela à ma solitude et aux soins superficiels de ma femme de charge. Je fais tous mes vœux pour qu'elle ignore à jamais la vérité ! Puisse cette ombre funeste, s'il faut qu'elle subsiste, étaler sa noirceur en travers de ma vie à moi, et laisser la sienne jouir librement du soleil !

Je reviens à l'instant de chez elle, et je me sens tout autre. Je crois que, du moment que je la sentirais près de moi, je serais capable d'affronter avec sérénité toutes les vicissitudes que la vie pourrait m'apporter.

5 h. du soir.

Voyons, efforçons-nous d'être précis. Tâchons de reconstituer les faits tels qu'ils se sont passés. En ce moment, le souvenir que j'en ai est tout frais, et je pourrai les retracer d'une manière correcte ; d'ailleurs, même si je ne l'écrivais pas, il est peu probable que je perdrais jamais le souvenir de ce qui est arrivé aujourd'hui.

J'étais revenu de chez les Marden après déjeuner, et je venais de me mettre à couper quelques sections microscopiques dans mon microtome lorsque, subitement, je perdis connaissance de cette façon brutale et désagréable qui m'est devenue, ces temps derniers, si habituelle.

Lorsque je repris possession de mes sens, j'étais assis dans une petite pièce très différente de celle où j'étais en train de travailler. Cette pièce était d'un aspect confortable et gai, meublée de divans recouverts en perse, garnie de tentures de couleurs et ornée d'une foule de jolis petits bibelots accrochés aux murs. Il y avait devant moi une petite pendule ornementale qui faisait entendre son tic-tac sonore et dont les aiguilles marquaient trois heures et demie. Tout cela m'était on ne peut plus familier, et pourtant je me pris à regarder pendant quelques instants autour de moi d'un air à moitié hébété, jusqu'au moment où mes regards se portèrent sur une photographie de moi, posée sur le dessus du piano. Celle de Mme Marden lui faisait pendant de l'autre côté. Alors naturellement, je me rappelai où je me trouvais. J'étais dans le boudoir d'Agatha. Mais comment y étais-je entré, et qu'étais-je venu faire ? J'éprouvai un affreux serrement de cœur. Étais-je venu là dans quelque but diabolique ? Ce but avait-il été atteint déjà ? Oui, sans doute ; autrement, comment expliquer que j'eusse repris conscience de mes actes ? Oh, l'angoisse de cet horrible instant ! Qu'avais-je fait ? Dans mon désespoir, je me levai brusquement ; une petite bouteille tomba sur mes genoux.

Elle ne s'était pas brisée. Je la ramassai et lus ce qui était écrit sur l'étiquette : « Acide sulfurique ». Comme j'enlevais le bouchon de verre, une fumée épaisse s'éleva lentement, et une odeur acre et suffocante se répandit dans la pièce. Je reconnus dans cette bouteille un flacon que j'avais chez moi pour faire des analyses chimiques. Mais pourquoi avais-je apporté un flacon de vitriol dans le boudoir d'Agatha ? N'est-ce pas de ce liquide épais et nauséabond que se servent les femmes jalouses pour détruire la beauté de leurs rivales ? Haletant d'épouvante, j'élevai la fiole à la lumière. Dieu merci, elle était pleine encore ! Il n'y avait pas de mal accompli jusqu'à présent. Mais si Agatha était entrée une minute plus tôt, n'est-il pas plus que certain que l'infernal parasite qui me ronge m'aurait force à lui jeter le contenu de cette bouteille au visage ? Ah, quelle horreur ! et pourtant, oui, c'est bien ce qui se serait produit. Autrement, pourquoi l'aurais-je apportée ? À l'idée de ce qui aurait pu être, mon courage, qui avait déjà été soumis à de si dures épreuves, m'abandonna complètement, et tout fiévreux, secoué d'un tremblement convulsif, je me laissai retomber sur un siège.

Ce furent la voix d'Agatha et le bruit de sa robe qui me rappelèrent à la réalité. Je relevai la tête, et je vis ses yeux bleus pleine de tendresse qui me regardaient avec commisération.

– Il faut que nous vous emmenions faire un tour à la campagne, Austin – me dit-elle – vous avez besoin de repos et de tranquillité. Vous avez l'air positivement malade.

– Oh, ce n'est rien – protestai-je en faisant un effort pour sourire. – J'ai eu un moment de défaillance, voilà tout. Voyez, c'est déjà fini.

– Je regrette de vous avoir fait attendre ainsi. Mon pauvre ami, il y a bien une demi-heure au moins que vous êtes-là, mais figurez-vous que le pasteur était au salon, et comme je sais que vous ne tenez pas à le voir, j'ai jugé préférable de dire à Jane de vous faire entrer ici en attendant. J'ai cru qu'il ne s'en irait jamais.

– Tant mieux qu'il soit resté ! – m'écriai-je avec nervosité.

– Ah ça, mais qu'avez-vous donc, Austin ? – me demanda-t-elle en me prenant le bras, tandis que je me levais en trébuchant. – Pourquoi donc êtes-vous si content que le pasteur soit resté ? Et qu'est-ce que cette bouteille que vous avez dans la main ?

– Ce n'est rien, – répondis-je en la fourrant dans ma poche. – Mais il faut que je m'en aille. J'ai quelque chose d'important à faire.

– Comme vous avez l'air dur, Austin. Je n'ai jamais vu votre figure ainsi. Vous êtes en colère ?

– Oui, je suis en colère.

– Pas contre moi, je pense ?

– Non, non, ma chérie. Mais il est inutile que je vous explique ; vous ne comprendriez pas.

– Vous ne m'avez seulement pas dit pourquoi vous êtes venu.

– Je suis venu pour vous demander si vous m'aimeriez toujours, quoi que je fisse, ou quelle que fût l'ombre dont pourrait être couvert mon nom. Auriez-vous confiance en moi et croiriez-vous ce que je vous dirais, même si les apparences les plus noires semblaient être contre moi.

– Vous savez bien que oui, Austin.

– Oui, je le sais. Et ce que je ferai, c'est pour vous que je le ferai. J'y suis contraint. C'est le seul moyen d'en sortir, ma chérie !

Je lui donnai un baiser et me sauvai en courant.

Le temps des indécisions était passé. Tant que cette créature n'avait cherché qu'à porter atteinte à ma situation et à mon honneur, j'avais pu hésiter sur ce que je devais faire. Mais, à présent, dès lors qu'Agatha – ma pauvre Agatha innocente – était en danger, mon devoir était tout tracé. Je n'avais pas d'arme sur moi, mais cette pensée ne m'arrêta pas un seul instant. De quelle arme aurais-je besoin lorsque je sentais tous mes muscles vibrer sous la force de mon exaspération. Je pris ma course à travers les rues, tellement préoccupé par ce que j'allais faire, que je n'avais que vaguement conscience des figures de connaissance que je rencontrais, et que je fis à peine attention au professeur Wilson que je croisai et qui, lui aussi, courait, mais dans la direction opposée.

À bout de souffle, mais résolu, j'arrivai à la maison du professeur et secouai la sonnette.

Une servante blême vînt m'ouvrir, et en voyant ma mine farouche, elle pâlit encore davantage.

– Conduisez-moi immédiatement auprès de Mlle Penclosa, – lui ordonnai-je.

– Monsieur, – balbutia la fille, – Mlle Penclosa est morte cette après-midi à trois heures et demie.